Robert van Gulik
MURDER IN CANTON

广州案

〔荷兰〕高罗佩——著
张凌——译

大唐狄公案

NEW JUDGE DEE MYSTERIES

上海译文出版社

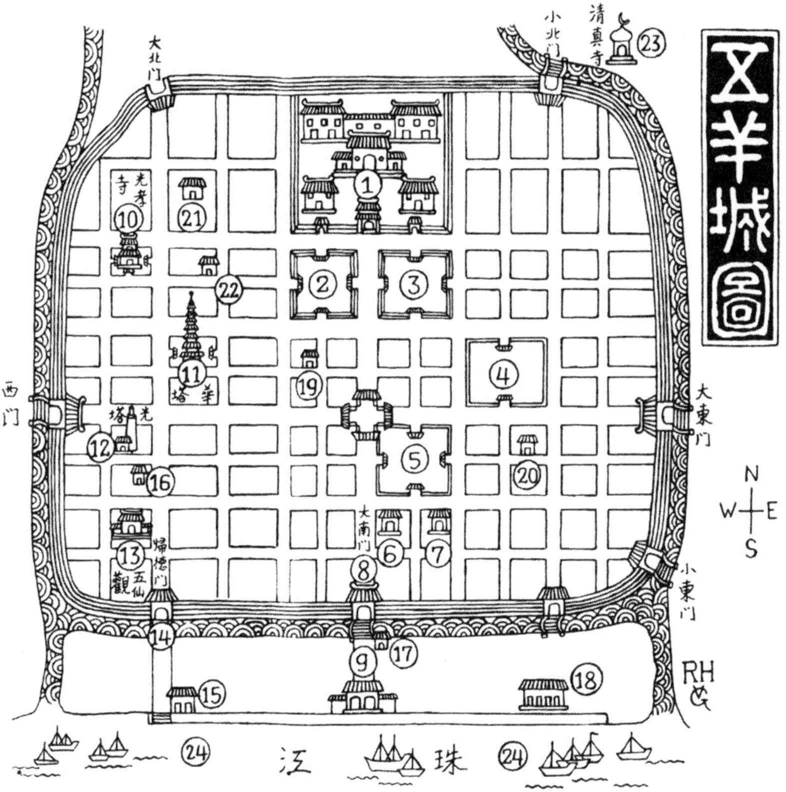

五羊城图

1. 节度使府与州府官衙　2. 县衙　3. 军塞大营　4. 贡院　5. 集市　6. 关帝庙
7. 孔庙　8. 大南门　9. 市舶使院　10. 光孝寺　11. 花塔寺　12. 怀圣寺　13. 五仙观
14. 归德门　15. 码头酒肆　16. 五仙居　17. 陶干居处　18. 大食水手居处　19. 梁宅
20. 倪宅　21. 姚宅　22. 鲍府　23. 大食先贤墓　24. 珠江

在本书中，故事首次发生在一个真实的中国城市里。广州在七世纪时究竟是何面貌，如今已无法确知，似是大致包括如今所谓的“旧城”。在此图中，用汉字标出的城门与古迹，部分来自猜测。在其后的几百年中，广州城朝东方和西南方向（即如今的沙面）扩展，直至珠江南岸。

插 图 一 览

人　物　表

狄仁杰：大理寺卿，于680年夏天出巡广州。

乔　泰：狄公的亲信随从，禁军统领。

陶　干：狄公的亲信随从，大理寺主簿。

翁　健：岭南道节度使。

鲍　宽：广州刺史。

柳道明：御史大夫。

苏学士：柳道明之谋士。

祖母绿：大食舞姬。

曼苏尔：广州大食人首领。

梁　甫：名流巨贾。

姚泰开：富商。

兰　莉：盲女。

倪船主：航海商人。

丹　娅：倪家女奴。

达　娜：倪家女奴。

一

两名男子立在市舶使院一角，默然注视着漫长沉闷的水岸线。年长者身材瘦削，紧裹一件旧羊皮大氅，另一人看去年近半百，生得英俊魁梧，身穿打有补丁的褐袍与外褂。酷热的潮气凝成微雨，潺湿了二人头上的黑绒旧帽。虽已将近黄昏，天气仍十分闷塞，不见一丝清凉晚风。

市舶使院拱门对面的码头边，一只番商的大船泊在稍远处，十几名苦力正在卸货，脊背光裸，背负沉重的大包，缓步走下踏板，口中哼唱着一支悲伤的号子。四名守卫立在门旁，将铁盔从汗湿的前额推到后面，倚靠在长戟上，无精打采地盯着苦力们一路搬运。

“快看！你我今早下的那只船，如今开过来了！”年长者大声说道，抬手一指雾气中森然浮现的一大团黑影。那条番船旁边泊着其他船只，一片桅杆林立，前方有一条黑色战船正快速驶入珠江湾，船上铜锣齐鸣，警告水上的小贩赶紧驾舟闪避。

“要是天公作美，他们不日便会到达安南！那里定会有几场大战，但是你我只能留在这该死的城里，受命观望形势！见鬼，又有一滴水从我的脖子上直流下去。这要命的潮气，好像出汗还不够多似的！”旁边那人恼怒说罢，伸手一拽衣领，紧紧裹住粗壮的脖颈，同时小心遮住套在里面的锁子甲，胸前还挂有一枚禁军统领的圆形双龙金徽，“陶大哥，你可知道这究竟是何意思？”

陶干凄然摇头，手捻颊上的三根长毫，缓缓答道：“乔老弟，相公并未对我透露过，事情想必十分重大，否则他不会突然离开京城，带着你我一路急急南下，先是骑马，然后乘坐军中快船。广州定是出了什么乱子，自从今早到达后，我已……”

话音未落，忽听一声巨响。原来是两名苦力将一包货物掉进了船只与码头之间的泥水中。一个缠着白头巾的大汉从甲板上一跃而下，冲那二人踹了几脚，又操着番语大喊大叫。市舶使院门前几名懒洋洋的守卫立时来了精神，一人朝前走去，手持长戟迅速一挥，平拍在兀自叫骂的大食人肩上，口中喝道：“你这狗娘养的，放开我们的人！别忘了你们可是在大唐的地界里！”

大汉握住插在红腰带上的刀柄，另有十来个白衣人跳下船来，拔出长长的弯刀。几名苦力扔下包裹，拔腿跑开，四名守卫平平端着长戟，指向破口大骂的水手。忽听铁靴踩在鹅卵石地面上的锵锵声，二十名兵士列队奔出市舶使院大门，将那些发怒的大食人团团围住，并用矛尖将其逼退至码头边上，显见得平日里训练有素。一个身形高瘦、生着鹰钩鼻的大食人斜倚船栏，对着众水手厉声训话，滔滔不绝说了半日，众人方才收刀入鞘，重又登上甲板。几名苦力继续搬运货物，浑似什么事都不曾发生过。

“在此城中，不知有多少那般放肆的混账?”乔泰问道。

“我们在码头上见过四条番船，可是如此？还有两条泊在河湾里，正要开出去。再加上住在岸上的大食人，总有好几千了。你住的那家破店正好就在蕃坊内！到了晚间，难保不会背后吃上一刀哩！我住的客店也是乏善可陈，不过就在南门外，至少遇事叫喊起来，守卫就可听见。”

“你住的客房在哪个方向?”

“二楼一个角落处，照店家的说法，正是眺望码头风景的好地方。且罢，我们在此处想是勾留过久？细雨下得愈发绵密，不如找个地方，尝尝本地风味。”陶干说罢抬手一指，码头那边隐约可见一座房舍，前方亮着一盏酒肆的红灯笼。

乔泰低声说道：“这个自然不在话下！从没见过这么糟心的地方！况且我还不会说本地话。”

二人快步走过湿滑的鹅卵石地面，并未留意身后。一个衣衫褴褛的大胡子从码头边的货仓檐下走出，一路尾随而行。

码头的尽头处，只见一座桥梁横跨护城河，直通向归德门，桥上人来人往，个个身披蓑衣，步履匆匆，忙于料理各自营生。

“竟没一个人在此逗留闲逛!”乔泰低声咕哝道。

“正是因此，广州才会成为南方最为富庶的港口![1]这就到了!”陶干说罢，掀起打有补丁的门帘。

大堂形似巨穴，十分幽暗，一股大蒜咸鱼的气味扑面而来。低矮的屋梁下悬着几盏油灯，不停冒出黑烟，闪烁不定的光晕中，数十名客人三五成群围坐在几张小桌旁，各自低声热议，全不在意这刚刚走入的二人。

窗边有一张空桌，陶干乔泰上前坐下，跟在后面的大胡子也随之入内，径直走到后方破旧的柜台前。掌柜正在那厢温酒，将几只白镴酒壶浸在盛满滚水的盆内。

陶干向伙计要了两大壶酒，一口粤语讲得十分地道。二人等候时，乔泰将两肘支在油腻腻的桌面上，郁郁打量四周，低声说道:“竟有一群这等人物！瞧见那个面貌极丑

---

[1] 在荷文本中，此处还有一句“若是长此以往，你还来不及听说，广州就变得和京城一样大了”。

的矮子了没？想不出我刚进门时，怎会看漏了那丑八怪!”

陶干扭头打量，果然有个矮胖男子独坐在靠近大门的桌旁，一张脸面漆黑扁平，前额低矮，刻着深深几道皱纹，鼻翼宽阔，浓眉下一双小眼深陷，两只汗毛浓密的大手中握着一个空杯。

“唯一一个体面之人，便是你我的邻座！看去像个正经拳师。”陶干低声说罢，扬起下颏一指。只见一个男子独坐在旁，生得宽肩阔背，穿一件齐整的深蓝长袍，腰身窄细，紧系一条黑绦，面貌英俊，肤色黝黑，只是眼皮下垂，看去似有睡意，此时正漫视前方，似是全不在意四周。

一名衣着邋遢的伙计送上两壶酒水，随即转回柜台，故意不理睬那举起空杯、示意添酒的矮子。

乔泰呷了一口，面上疑色顿消，惊喜地赞道：“味道居然不坏!”饮完杯中之物，又道，“着实不赖!”说罢一仰脖又灌下一杯。陶干咧嘴一笑，随之畅饮起来。

柜台旁的大胡子紧紧盯住二人，心中暗数喝下了几杯，眼看就要开始第六巡时，正欲离开柜台，一眼瞧见那矮子，却又止步不动。拳师模样的大汉也已偷眼打量大胡子与矮子半晌，此时直坐起来，若有所思地捻着一圈修剪齐整的短须。

乔泰放下空杯，重重一拍陶干枯瘦的肩膀，笑道：

"我不喜广州城和闷热的鬼天气，还有这浊气逼人的酒馆，不过酒水真是上佳。无论如何，重又出门办差倒也不错。陶大哥，不知你意下如何？"

"我也早已腻烦了京城。小心些，你的金徽露出来了。"

乔泰紧一紧外褂的衣领，但是大胡子已将金徽看在眼里，不禁微微一笑，又见一个缠着蓝头巾、左眼里有白翳的大食人走到矮子身旁坐下，不禁面色一沉，转身示意伙计添酒。

"我生来就不是做这劳什子统领的料！"乔泰口中说着，又将两只空杯斟满，"居然已有四年光景了！你真该看看给我的床铺是何模样！丝枕丝被，上头还挂着锦帐！让我觉得自己简直成了娇滴滴的小娘儿们！你可知道每天晚上我是怎么过的？我拿了一张芦席藏在床后，晚间打开铺在地上，方可躺下美美地睡上一觉！麻烦的是每天早上还得重又卷起，免得被勤务兵看见，简直岂有此理！"

二人开怀大笑[1]，声震四邻，皆因心中畅快，竟至浑然不觉。此时店内众人全都住口收声，郁郁注视着门口。那矮子怒形于色，正与袖手立在桌旁的伙计理论。拳师从旁观望一阵，又转头盯着柜台旁的大胡子。

---

[1] 在荷文本中，此处还有"乔泰抬手一拍膝头"。

陶干咧嘴笑道："对我而言，今晚总可去阁楼上安心歇息。客店管事总让那些年轻丫鬟们四处招摇，不然还得先赶她们走开。那厮满心巴望着我会买下一女充作小妾哩！"

"为何你不对他明说少弄这些把戏？来来，再干一杯！"

"老弟有所不知，这样自会省些开销！那些姑娘并非为了挣钱，而是想钓上我这个有钱的老光棍！"陶干喝完酒水，又道，"幸好你我都无意成家！不像马荣兄弟！"

"再别提起那厮！自打娶了那对孪生姐妹，四年间已生下六儿二女！本应是乐事一桩，却弄成做苦力一般！如今他喝醉了酒都不敢进家门。你说……"

乔泰忽然住口不语，惊讶地看着门旁发生的骚乱。那面貌丑陋的矮子与大食人已从座中立起，面红耳赤，怒气冲冲，对着伙计叱骂不休，伙计也大声叫嚷，想要盖过一头，其余客人则从旁默然观望。大食人忽然摸向匕首，矮子连忙拽住他的胳膊，一径拖出门去。伙计一把抓起矮子用过的酒杯，冲其背影凌空掷去，杯子落在鹅卵石地面上，摔作数瓣。众人低声暗赞起来。

"他们不喜欢大食人在此。"乔泰说道。

邻座的大汉转过头来，用一口流利的北方官话说道："那两个并非是大食人。不过这话说得没错，我们不喜欢有大食人在此。他们压根不喝我们的酒水，跑来这里作甚？依其教义，原也不许他们饮酒。”

乔泰笑道：“那些黑家伙们错过了人生在世最好的东西！你也同来喝一杯吧！”见那人微微一笑，移座近前，又问道，“你可是从北方而来？”

“非也，我在这广州城内土生土长，不过常常要外出远行，总得学会各地方言。我本姓倪，家有出海的商船。二位又是何故到此？”

陶干答道：“只是路过而已。有一京官正经过岭南，我二人是其中随员。”

倪船主定睛打量了乔泰一眼：“我看你更似是行伍中人。”

乔泰随口说道：“我以前喜欢舞拳弄剑，只为消遣取乐。你对此也有兴致？”

“主要是剑术，尤其是大食刀。以前每过一阵，我就要去波斯海上，因此不得不略知一二。想必你也听说过，那边有许多海盗。”

“我想不出他们如何耍弄弯刀。”

“自会令你大吃一惊。”倪船主说罢，便与乔泰热议起如何使用各种兵器来。陶干在一旁听得心不在焉，只顾不停斟酒，忽听倪船主讲了一句番话，不禁抬头问道：“你懂得大食语?”

“用来与人寒暄议事已是足够。我还会些波斯语，全是拜这生计所赐!”倪船主说罢，对乔泰又道，“我收藏有不少番邦兵器，颇想请你一观，这便随我去饮上几盅，不知意下如何？敝宅就在城东。”

“今晚我二人事务多多，改在明日一早可好?”

倪船主迅速瞥了一眼柜台旁的大胡子，说道：“一言为定。敢问下榻何处?”

“五仙居，在怀圣寺附近。”

倪船主开口欲言，寻思一下却又止住，呷了一口酒水，闲闲问道：“你这位朋友也同住在那里?”见乔泰摇头，便耸耸肩头，“且罢，敢说你定能照料自己。早饭过后大约半个时辰，我自会派一乘小轿前去恭迎。”

陶干付过酒账，二人与倪船主道别。此时天色已然转晴，河畔微风习习，吹到热辣的面上，颇觉清爽。码头边一派繁忙景象，小商小贩们已各自架起货摊，一长串五彩灯笼闪闪发亮。河面上泊着许多小舟，首尾相连，点着火把照亮。风中飘来柴草的气味，水上人家正在烧火做饭。

“我们雇一乘小轿，节度使府离此处甚远。”陶干说道。

乔泰正对着人群出神打量，闻得此语，并未立即作答，忽然说道："你可觉出有人在暗中盯梢？"

陶干连忙回头张望一下，说道："没有。不过你一向说得没错。相公命我们酉正时分前去回禀，如今尚有半个时辰。我们不妨各走各的，趁机查看是否有人盯梢，我对城中格局究竟还记得几分，也会自有分晓。"

"好个主意。我回客栈去换身衣服，然后穿过番坊。若是向东北而行，迟早会走到朝北的大街上去，对不对？"

"若是你老老实实，不去惹是生非，定会如此！不妨瞧一瞧大街上的滴水楼，那可是当地一景。有几个黄铜水壶，从高到低排成阶梯状，水滴从高处慢慢流下，由壶内的浮箭指明确切时刻，造得着实精妙！"

"我想知道时辰，还用得着这些小玩意儿？"乔泰嗤笑一声，"只要打量一下日头，再咂一咂嘴，看口中有多干渴便足矣。天黑和下雨时，单凭口渴就能推定。你我回官署再见！"

二

乔泰转过街角，走过护城河上的桥梁，从归德门入城。

街中人流稠密，乔泰一路前行，不时回头观望一二，却未见有人盯梢。经过五仙观的朱漆大门，拐入左边第一条街中，直走下去便是“五仙居”。这客店正是从五仙观而得名，二层房舍颇显破败，上方遥见怀圣寺的光塔，足有十丈多高。

客店掌柜面色阴郁，瘫坐在小厅内的一张竹椅中，乔泰欣然问一声好，径直走到后面的二楼。客房内唯有一扇窗户，已紧闭了整整一日，自是酷热闷塞。今早租下这间房后，乔泰只稍事停留，将行囊搁在板床上便出门而去，此时忍不住咒骂一声，推开遮板，方始望见光塔的全貌，不禁喃喃笑道：“那些番人连造个像样的宝塔都不会！既没楼层，也没飞檐，什么都没有！只是光秃秃一根柱子，浑似甘蔗一般！”

乔泰口中哼着小曲，换过一件干净的衣衫，重又套上锁子甲，再将头盔、铁手套和高筒军靴统统包入一块蓝布内，随即出门而去。

街中依旧酷热，只因河上的微风难以吹入城内。乔泰身穿锁子甲，无法脱去外褂，心中甚觉不快，草草打量一眼路人，朝客店旁的小巷走去。

巷内颇为狭窄，货摊上点着一盏盏灯笼，却少有行人。乔泰看见几个大食男子，头上缠着显眼的白巾，高视阔步，走得飞快。经过怀圣寺后，街中显出一幅异域景象。两旁皆是粉白的房舍，底层全无窗户，唯见亮光从二楼的精美槅窗内透出。每隔一段，便建有一座拱形跨街廊桥，连通彼此相对的房屋二楼。乔泰刚喝过酒，兀自兴致勃勃，竟至忘了查看可否有人跟踪在后。

乔泰拐入一条清冷的小巷，身旁忽然冒出一个蓄须的汉人，劈头问道："你可是禁军中人，姓高或邵还是什么？"

乔泰止住脚步。模糊不明的亮光中，只见那人面色冷峻，留着长长的颊须和灰白胡子，身穿一件旧褐袍，头戴破帽，皮靴上沾满泥巴，虽然衣着寒酸，却自有一派威仪气度，说话时明显操着京城口音。乔泰小心答道："在下姓乔。"

"啊哈，对对！乔统领！你且告诉我，狄相公是不是也在广州?"

"在又如何?"乔泰挑衅地说道。

"休得放肆！我有紧急公事，非得见他一面不可。你这就带我去。"

乔泰皱一皱眉头，此人看去倒不像有诈，若真是个骗子，定要叫他好看！于是说道:"我正要去相公那里，你可跟我一路同行。"

那人转头回望一下身后的暗处，断然说道:"你走在前头，我自会跟上。最好不要让人看见你我走在一处。"

"悉听尊便。"乔泰说罢继续前行。如今脚下须得愈发小心，石板地不但坑洼不平，周围又十分幽暗，只偶有窗户透出亮光。四下阒寂无人，唯闻身后同行者沉重的脚步声。

乔泰又转过一个街角，走入一条漆黑的街中，为了确认方位，抬头观望光塔顶端在何处，奈何两旁的高大房舍森然兀立，只能瞧见窄窄一线星光闪烁的夜空。乔泰等那人走到自己身后，回头说道:"在此处什么也看不见。我们最好走回大街去，那里仍有不少小轿，不妨找上一乘。"

"且去问问住在街角的人家。"那人的语声甚为嘶哑。

乔泰朝前方打量，黑暗中果然有一星微光，不禁低声自语道："这怪老头子说话的声音有点诡异，不过眼神还真不赖！"说罢快步前行，转过街角，方才看见左手边白墙高处有一壁龛，里面点着一盏廉价的油灯。前头不远处有一扇镶嵌铜饰的门板，头顶上方又是一道跨街廊桥。乔泰走到门前，用力拍打几下，听见身后那人也停住脚步，便大声说道："里面没人答话，我自会叫醒这些混账！"

乔泰又大力敲叩半日，将耳朵贴在门板上，却没听到一丝动静，抬脚踹了几下，又敲打门上的窥孔，直到指节发酸，对身后之人怒道："我们踹开这门进去！一定有人在屋里，不然那油灯不会亮着。"

话音落后，却是无人应答。

乔泰转头一看，发觉巷内唯余自己一人，不禁迷惑地念道："那厮不知……"忽又住口不语，只见石板地上躺着那人的帽子，正在廊桥下方。乔泰咒骂一声，将自家包袱扔在地上，从壁龛中取下油灯，走到近前，意欲低头细看，忽觉肩头被轻拍一下，立时猛一转身，却不见有人影，随即瞧见两只沾满泥污的靴子正悬在眼前。乔泰抬头一看，禁不住又咒骂一声，高高举起油灯。只见那同行者被吊在半空中，脖颈弯折，双臂垂在左右身侧，正挂在廊桥的另一侧，上面有一扇窗户敞开，窗台上横着一根细绳。

幽巷中乔泰失同伴

乔泰径直走到廊桥下方的门前，抬脚猛踹一下，门扇应声开启，直撞在后墙上。乔泰三步两步登上狭窄陡峭的石阶，走到街面上方黑暗低矮的过道中，高举油灯一照，却见一个男子定定卧在窗前，身穿大食衣袍，右手握着一支细长锋利的短矛，面目肿胀，舌头伸出，一看便知已被人勒死，一只凸出的眼中生有白翳。

乔泰揩去额头的冷汗，喃喃说道："刚刚痛快喝了一顿好酒，就遇上这般醒酒的法子，真是糟糕透顶！我在酒店里见过这厮，但是那个难看的矮子又在何处?"说罢手提油灯，直朝对面打量。只见那边也有一道黑暗的下行台阶，却是寂静无声。

乔泰将油灯放在地上，抬脚跨过大食人的尸体，用力拉拽系在窗台下铁钩上的细绳，将那吊在半空之人缓缓拖上来，窗口现出一张扭曲可怖的脸面，狞笑的口中流下滴滴鲜血。

尸身尚有余温，绳圈勒入喉头甚深，枯瘦的脖颈似已断裂。乔泰将两尸并列在地，随即奔向对面的台阶，走下五六级后，见有一扇低矮的小门，上前用力拍打，里面无人回应，便全身扑上猛力一撞，被虫蚁啃噬的老旧门板轰然破裂，自己也随之跌入一间幽暗的房内，倒在一堆盘碟瓦罐与碎木片之中。

乔泰迅速翻身立起。只见小屋正中蜷缩着一个大食老妪，张开没牙的瘪嘴，抬头骇然相望。年久发黑的屋梁下悬着一盏黄铜油灯，光晕中有一个年轻的大食女子，正蹲坐在墙角处给婴儿哺乳，此时吓得尖叫一声，连忙用破旧的斗篷掩住前胸。乔泰正欲开口讲话，忽见对面的门扇开启，两名身形瘦长的大食男子奔入，手中挥舞着弯刀，见乔泰扯开衣襟、露出双龙金徽，立时止住动作。

二人正犹豫不决时，又有一人将他俩推到一旁，看去年纪较轻，走到乔泰面前，用汉话迟疑说道："这位军爷，你闯入我们女人的卧房，是何意思?"

乔泰喝道："有两人在外面的过道中被人杀死。是谁干的？快说!"

那后生瞥了一眼被撞坏的门板，阴郁说道："外面过道里发生的事，与我等并无干系。"

"你这狗娘养的，那过道明明与你们的房子相通！你且听好，那边有两具死尸，再不说实话，我就把你们统统抓起来拷问一番!"

后生轻蔑地说道："若是老爷肯细看一眼，自会瞧出被你撞坏的这扇门，已经许多年未曾开启过了。"

乔泰转身一瞧，方才的碎木片原是来自一口高大橱柜，且门口积有尘土，歪扭的门锁锈迹斑斑，足证那后生所言不虚，通向过道的门扇确实关闭已久。

后生又道："若是有人在跨街的过道上被杀，随便哪个路人都可能行凶。据我所知，街对面另有一道楼梯可以直通上来，且下面的几扇门从未上锁。"

"那这过道有何用处？"

"家父阿卜杜拉是个商人，对面的房子以前也归我家所有，六年前卖了出去，这扇门也从此封起。"

乔泰对那年轻女子问道："你可听见什么动静？"女子并未作答，只是抬头瞪视，惊骇莫名，听后生解说后，连连摇头。后生又对乔泰说道："这些墙壁很厚，又有橱柜立在旧门前……"说着抬手一挥，令人不由得不信。

另外两名大食人已将弯刀收回腰间，开始低声交谈，老妪也回过神来，指着地上的碎片，喋喋不休地讲起大食语来。

"你告诉她，将来自有赔偿！你随我来！"乔泰说罢弯腰出门，后生跟在后面。

二人走到廊桥中，乔泰指着死去的大食人，问道："这人是谁？"

后生蹲身下去，草草打量一眼那扭曲的面目，解下紧勒在死者咽喉处的丝巾，又敏捷地轻摸其头巾的皱褶处，起身缓缓说道："他身上没带银钱和文书。我从未见过此人，不过他必是来自白衣大食，那里的人擅长掷短矛。”说罢将丝巾递给乔泰，又道，“凶手却非是大食人。你看这块头巾，一角处系着一枚银币，为的是添些分量，使得凶手可以从背后抛出，绕住对方的脖子。这是胆小鬼的武器，我们大食人一向用刀剑长矛——为了安拉和先知的荣耀。”

“阿敏[1]。”乔泰悻悻说罢，低头注视着两具死尸。如今方才明白发生过何事，大食人想要杀死的不只是那大胡子，还连同自己在内。他躲在窗边，先放自己走过廊桥去叩门，趁后面那人立等时，抛下绳圈套住对方脖颈，又猛地拽到半空中，将绳圈的一头系在铁钩上，随即掏出短矛，正欲打开对面的窗户掷出时，另有一人从背后抛出手巾将他勒死，然后逃之夭夭。

乔泰推开窗户，朝下张望，低声说道：“我站在那边敲门时，定是一个绝好的靶子！短矛的一头很细，定会刺穿锁子甲！亏得那不知名姓之人救了我一命。”又转头对后生怒道，“叫人跑去大街上，雇一乘大轿来！”

后生冲着破门方向高声叫喊。乔泰查看过大胡子的

[1] 原文为 Amen，直译应为“阿门”。由于“阿门”为基督教用语，“阿敏”（Amin）为伊斯兰教用语，根据上下文，此处选用后者。鉴于高罗佩先生在涉及佛教时亦用 Amen 来表示“阿弥陀佛”之意，推测应是考虑到西方读者对其他宗教不甚熟悉，因此一概用 Amen 来代替。

尸身，却是一无所获，不禁郁郁摇头。

二人默默等待半日，终于听见下面街中传来人声。乔泰从窗口探出头去，只见四名轿夫举着冒烟的火把，于是抬起大胡子的尸身横在肩头，对那后生吩咐道："你守在这大食人的尸首旁边，直到官府衙役前来搬运。若是有个好歹，你们全家且仔细着！"说罢扛着尸体，小心翼翼地顺阶而下。

三

陶干走回市舶使院，穿过高大的拱门，看见一众吏员正忙着分拣箱笼包裹等物，空中飘来一股刺鼻的香料气味。陶干驻足打量半晌，方从后门出去，匆匆瞥了一眼自己下榻的寒酸客店，随即从南门入城。

陶干走在熙攘的人群中，发觉自己仍能认得出路旁的许多高大房舍，心中颇觉得意。离开此地已有二十来年，广州城显然变化无多。

右手边有一座宏大的寺院，陶干认出是关帝庙，便挤出人群，登上门楼前宽阔的汉白玉台阶。双扇门两旁各立着一头硕大的石狮，蹲伏在八角形底座上。雄狮依例在左，一脸怒容，紧闭双唇，雌狮在右，仰起头颅，张开血盆大口。

“她永远不会闭上那张该死的嘴!”陶干喃喃自语道，“活像我那一言难尽的前妻!”

陶干缓捋稀疏的髭须，想起这二十年里，自己几乎从未惦记过那不忠的妻室，心中不禁百感交集。早年间曾在此城住过数载，如今故地重游，蓦然勾起了所有旧事。曾经深爱过的娇妻，不但设下卑鄙的骗局，还企图害得自己身败名裂，皆因逢此奇祸，从此被迫亡命异乡，成为一名漂泊四方的江湖客，并立誓远离女色，决意报复这可恶的人世。后来有幸遇到狄公，得以改过自新，还被收为心腹亲随，人生也有了全新的乐趣。狄公历任各地县令时，自己一路相从，后来狄公入京供职、身居高位，自己也随之升为主簿。陶干想到此处，阴郁的长脸上露出喜色，咧嘴一笑，对那雌狮得意地说道："广州城还是老样子，然而你且看我！如今非但成为堂堂朝官，而且颇有家资，须得说家资不菲哩！"说罢抬手扶正头上的冠帽，冲着一脸凶相的石狮傲然颔首，迈步走入关帝庙内。

经过大殿时，陶干朝内匆匆瞥了一眼。高高的香案上摆着一只硕大的青铜香炉，红烛发出闪烁不定的亮光，有几人正在上香。透过浓重的烟雾，隐约可见一尊镀金关公像，颌下五绺长髯，手持青龙偃月刀。陶干从不欣羡武力，不禁轻哼一声。自己虽无乔泰那般的体魄力气，又从不携带兵器，但也绝非怯懦之辈，并且一向富于急智，实是个难以对付的危险人物。陶干一路朝前，绕过大殿，走到后门口，记得城内最大的集市就在关帝庙正北方向，在转回城北的节度使官署之前，或可前去一观。

关帝庙背后是一片破旧的木板房，众人大声说笑，纷乱嘈杂，弥漫着一股劣质炸油的气味。再往前去，忽地转为寂静，只有几幢废弃的旧宅，大半已毁，每隔几步，地上便堆放着一摞摞新砖与装满灰浆的大坛，足见即将修建新宅。陶干回望数次，却未见一个人影，饶是天气闷热，仍将羊皮大氅紧裹在枯瘦的身板上，施施然朝前走去。

陶干刚转过下一个街角，就听到前面集市中的喧嚣声，忽见巷尾处正起事端。一根废弃的门柱上挂着灯笼，灯下有两个泼皮正在凌辱一个女子。陶干迅速奔上前去，只见一人用手臂箍住那女子的下半个脸面，并将其两臂钳在背后，另一人已撕开女子的衣襟，正在揉捏露出的双峰，意欲再扯开腰带。女子一时情急，抬脚踢在泼皮的腿上。背后那人朝后猛拽女子的头颈，另一人挥拳打在女子裸露的小腹上。

陶干加快动作，右手拿起一块砖头，左手从坛子里抓出一把生石灰，蹑手蹑脚走到近前，抡起砖头，用棱角处狠狠砸在女子身后之人的肩头。那泼皮立时撒手，抱着伤处惨叫一声。另一人转向陶干，正欲摸索腰间的匕首，陶干已将石灰掷入他的眼中。对方抬手捂住脸面，痛得大声嚎叫。

“来人，捉住这两个无赖！”陶干喝道。

肩部受伤的泼皮揪住同伴的胳膊，互相拖拽着奔入巷中。

女子裹紧衣裙，犹自喘息未定，隐约可见容貌秀丽，一头乌发在颈后绾成双鬟，从发式看去，应是尚未出阁，年纪大约二十四五岁。

陶干用粤语急急说道：“随我前去集市中，快快！趁那两个歹人尚未发现我是吓唬他们。”

女子略显犹疑，陶干一把抓住她的衣袖，不由分说朝闹市走去，口中责道：“这位姑娘，独自一人走在如此空寂无人之处，无异于自招麻烦。莫非你认得那两个歹人？”

“不认得，他们定是四处游荡的无赖。”女子轻声答道，出语十分文雅，“我从集市中来，想抄近道去关帝庙，结果就遇上了那二人。他们让我走过去，然后从背后突然动手。多谢你及时相救，实在感激不尽！”

“还是多谢你自己吉星高照吧！”陶干愤愤说道。

二人走入横贯集市南边的大街，此处人多熙攘，灯火辉煌。陶干又道：“今日最好别去关帝庙，等到大白天再去不迟！就此别过。”说罢正欲走入货摊之间的一条狭窄过道，不料被那女子伸手按住胳膊。只听她胆怯说道：

“还请告诉我前方的店铺叫何名字。必是一家水果铺，我能闻到橘子的气味。但凡知道身在何处，我自会寻出路来。”说话时从袖中抽出一根细竹管，摇晃几下，从管内又脱出几段更细的竹节，原来是盲人行走时用的手杖。

陶干连忙细瞧，只见那女子两眼浑浊，看去一片死灰，不禁懊悔说道：“我自会送你到家。”

“先生大可不必。我对这一带十分熟悉，只想知道身在何处。”

“那两个怯懦的无赖，方才真该宰了他们！”陶干恼怒地低声咕哝一句，又对女子说道，“这是我的衣袖一角，若是由我引路，你也会早些返回家中。不知你住在何处？”

“先生实在想得周到。我就住在集市东北角附近。”

二人沿街走去，陶干抬起枯瘦的两肘，一路排众前行。半晌过后，女子问道：“你可是从外地来此公干的官员？”

“不不！我只是个商贾，从城西而来。”陶干迅速答道。

“原来如此，还请见谅！”女子温驯说道。

“你从何处断定我是个官员？”陶干好奇地问道。

女子犹豫片刻，方才答道：“你虽说得一口流利的广东话，但我的耳朵很灵，听出有京城口音。其次，你吓唬那两个歹人时，听去甚是威严。再次，在此城中，人人都是事不关己便绝不过问，没有哪个平常百姓会去独自招惹两个欺辱妇人的歹徒。还有一点，我无端觉得你为人和善体贴。”

“推断得大有道理。”陶干淡淡说道，“只是最后一句太过不着边际！”

陶干斜眼一瞥，只见女子平静的面上缓缓绽出笑容，两眼硕大，口唇丰满，略有几分异国风情，却也格外妩媚动人。二人默默同行半日，走到集市东北角处时，女子说道：“我住在右手边第四条巷内。从此处开始，不如由我来领路吧。”

狭窄的巷道愈走愈暗，女子手持竹杖，轻敲在鹅卵石地面上。两旁皆是破旧的二层木板房。二人拐入第四条小巷时，更是漆黑一片。陶干不得不小心行走，免得在滑溜溜的坑洼路面上绊倒。

女子说道：“这些房舍里住着几家小贩，直到夜深时才会回来，因此周围十分寂静。这就到了，楼梯很是陡峭，且请留神。”

本该是二人道别之际，陶干却心想这女子颇有些古怪，既已行至此处，不妨再多了解一二，于是随她走上嘎吱作响的黑暗楼梯。到了二楼平台处，女子推开一扇门，说道："你朝右手边看，桌上有一支蜡烛。"

陶干摸出火镰点亮蜡烛，环视四周。小屋里空空荡荡，一色木头地板，三面墙上石灰剥落，前方却是敞开。只有一道竹栏将此屋与邻舍的房顶隔开，远处高大房舍的飞檐浮现在夜空中。室内极其整洁，一股微风驱散了弥漫在街中的热气。蜡烛旁摆着廉价的茶篮和一只陶杯，一只碟子里放着几片黄瓜与一柄细长小刀。桌前一张木头矮凳，靠墙处一张窄窄的长榻，后方立着一架高高的竹屏。

女子正色说道："你瞧，我家徒四壁，无以为报。我引你前来此处，是因为平生最恨亏欠他人。我年岁不大，生得也还不甚粗陋，若是你想与我共寝，悉听尊便，床铺就在屏风后面。"陶干听罢吃惊不小，竟至无言以对，只是瞠目瞪视。那女子又徐徐说道："你无须心下不安，因为我已非处子之身。就在去年，我曾被四名喝醉酒的兵士凌辱过。"

陶干定睛打量她苍白平静的面容，缓缓说道："你若不是品性下劣、无可救药，便是坦诚得出奇。无论哪种情形，我对此番报答都无意领受，不过却对各色人等颇有兴趣，以前还从未见过如你这般之人。若是略谈几句，再喝上一杯茶水，你我从此便两不相欠。"

女子微微一笑："你且坐下！待我先去换过这身扯破的衣服。"说罢消失在屏风后方。

陶干端起茶壶，自行斟满一杯，见檐下悬着一排小盒，于是呷着茶水好奇打量。小盒大约有十来只，形状大小各各不同，皆用竹钩挂在一根长竿上。陶干转头一看，长榻上方的搁板上另有四只硕大的碧绿陶罐，用竹编的盖子封得严严实实，不禁疑惑地皱起眉头，侧耳细听。在喧嚣的市井杂音中，分明有一种长啸绵延不绝，完全不知是何音声，似是从那一排小盒里发出。

陶干起身走到栏杆旁细看，却见每只盒子上刺有许多小孔，声音正是从内发出，不禁恍然大悟，里面装的原来是蛐蛐。自己虽无此癖好，却也知道很多人喜欢听蛐蛐的鸣声，爱在家中畜养几只，常常放在昂贵的雕花象牙盒或银丝盒内。另有一些人沉迷于斗蛐蛐，他们在酒肆或集市中约定比赛，将两只好斗的蛐蛐放在一只雕花竹节里，用细草棍撩拨挑逗，促使它们交战，并为此慷慨下注。如今可听出其鸣声各有不同，然而有一只叫得格外清晰悠长，明显盖过其他，正是从最末一只小葫芦里发出，起初音调较低，过后渐渐拔高，异常嘹亮，令人惊诧。陶干取下小葫芦，凑到耳边，那振荡的音调忽而转为低沉的嗡嗡声。

遇盲女陶干识金钟

这时女子从屏风后转出，换上一件简朴的青绿色镶黑边长裙，腰系一条细细的黑绦，快步走到陶干面前，两手在空中拼命摸索，出声叫道："小心我的金钟！"

陶干将小葫芦递到女子手里，说道："我只想听听它的叫声，着实悦耳。你这些蛐蛐想是用来出售的？"

"正是。"女子说着，将葫芦重又挂回长竿上，"我或是在集市中出售，或是直接卖给主顾。这是最好的一只，十分难得，在岭南尤其罕见，行家管它叫做'金钟'。"说罢在长榻上落座，两只纤手交叠放在腿面上，"在我身后架上的陶罐里，养着几只好斗的蛐蛐。它们实在可怜，一想到那健壮的腿脚和漂亮的长须在打斗时会受损，我就心里难过，但又不得不养着，因为总有人想要买入。"

"你如何捉住蛐蛐？"

"我只沿着花园或旧宅的外墙随意行走，可从叫声听出好孬，若是上品，便用切成小块的水果作为诱饵。那小精灵十分聪明，我甚至觉得它们认得我哩。我让它们在这屋里跳来跳去，只要我一叫，它们总会回到各自的盒子里去。"

"有没有旁人照料你？"

"我无须受人照料，凡事大可自行应对。"

陶干点点头，随即抬头一瞥，心觉听到外面楼梯上有响动。“你方才不是说过，周围邻居只有深夜时才归家？”

“一点不错。”

陶干凝神谛听，如今却只闻得蛐蛐的鸣声，方才定是听岔了，便又疑惑地问道：“你独自一人住在这楼里，当真一切无虞？”

“这个自然！[1] 你可以放心说京城话，我对此十分惯熟。”

“不必了，我更乐意多说说粤语。莫非你在城里没有亲眷？”

“有的。不过，自从我意外失明后，就离家出来。顺便告诉你，我名叫兰莉。我仍觉得你像个为官之人。”

“你说得不错。在下姓陶，是个胥吏一类人物，有一京官前来此地，我亦在随员之列。你卖蛐蛐的钱，可够日常开销？”

“不但够用，还绰绰有余哩！我只需早晚各买一块油糕，中午买一碗面而已。蛐蛐又不花我一文钱，还能卖出好价钱。比如那金钟，足足能值一锭银子！虽说我从未想过要卖掉它！今天早上，我一觉醒来，听见它在唱歌，心

---

[1] 在荷文本中，此处有“在这里我们不必担心劫匪”。

中欢喜不迭。”兰莉说罢微微一笑，接着又道，“昨晚我刚刚捉到它。实是走运得很，我正好经过花塔寺的西墙……你可知道那座佛寺?”

“自然知道，就在城西。”

“正是。我忽然听到金钟的叫声，似是受了惊吓。我将一片黄瓜放在墙根处，轻声唤它，就像这样。”兰莉扁起双唇，口中发出呜响，极像蛐蛐的叫声，“然后我蹲在地上等着，它到底走了出来，我听见它啃黄瓜的声音，吃饱以后很是快活，我就从袖中取出随身携带的葫芦，诱它进去。”说罢抬起头来，又道，“你听！如今它又叫得格外动听，是不是?”

“确实如此!”

“若是假以时日，想必你也会喜欢上蛐蛐。你说话听去很和气，一定不会欺凌弱小。那两个欲行不轨之人，不知你对他们有何举动？听去似是十分吃痛。”

“我从不好勇斗狠，且又上了年岁，比你足足大过一倍。不过我阅历颇丰，很晓得如何照料自己。兰莉姑娘，但愿你从此也能学会。这世上到处都是卑鄙下流之徒，整天四处游荡，一心想从如你这般的年轻女子身上讨些便宜。”

“你果真心有此念？我却发现世人大多是好心肠，如果行止不端，大半是由于心中不快或是孤单，要么求之而不得，要么得到过多。无论如何，我敢打赌那二人没钱吃一顿饱饭，更不必说找个女人了！我原以为他们会在为所欲为之后将我打昏，故此十分惊恐，不过如今明白他们不会这般行事，因为明知我双目已盲，根本不可能去官府告发。”

“下次再遇见那二人，我定会各自奉上一锭银子，以此嘉奖他们的一片好心！”陶干恼怒地说罢，一口喝干茶水，又咧嘴笑道，“说到银子，想来他们定会十分需要！其中一人的右臂从此不会灵便，另一人要想洗去眼里的石灰，便会终身残废！”

兰莉从榻上跳起，恼怒地叫道：“你居然做出这等事来！似乎还沾沾自喜哩！真是个狠心下作之徒！”

“而你则是个愚蠢透顶的小妮子！”陶干反驳一句，起身朝门口走去，又悻悻说道，“多谢你的茶水！”

兰莉摸到蜡烛，跟随陶干出门，在平台上高高举起烛火，和缓说道：“小心些，台阶很滑。”

陶干口中咕哝一句，顺阶走下。

陶干行至巷内，驻足仔细打量房舍，不禁自语道：“我再也不想回到此处，再也不想理会女人，随那傻姑娘与她的蛐蛐自便吧！”说罢含怒离去。

四

贯通全城的南北大道上，饭铺酒肆亮着各色灯笼，照得一片通明。陶干跻身于熙攘的人群中，不时听见几句吵骂或争执，心中怒气渐消，远远望见节度使府邸的高大外墙时，面上重又浮现出常有的冷嘲之色。

此处店铺较少，人流也变得稀疏，两旁多是高大房舍，门前站着全身披挂的守兵。左手边是城内县衙的几处官署，右手边则是军塞大营。只见一道汉白玉石阶通向两扇朱漆大门，前方是森严可畏的雉堞，陶干一路经过后，行至东边角门处，抬手敲叩门上的窥孔，对守卫道明身份。一时门扇开启，陶干穿过长长的汉白玉廊道，直奔东厢内一处独院，正是狄公的下榻之处。

管家衣履鲜洁，在前厅内相迎，见来客穿着寒酸，不禁扬起双眉定睛打量。陶干不动声色地脱去羊皮大氅，露出里面一袭深褐色长袍，衣领和袖口处有绣金花样，可知乃是主簿一类人物。管家连忙躬身施礼，从陶干手中恭敬地接过旧皮袍，随即推开双扇门。

厅堂内阔大空旷，两边沿墙处各有一排朱漆大柱，柱间立着十来盏点亮的银烛台，颇显幽暗。左边一张宽大的檀木雕花长榻与一张桌案，案上摆着一只高高的青铜花瓶，地中央平铺一大块深蓝地毯，尽头处有一张硕大的书桌，背后一架镀金屏风，狄公正坐在桌后，对面一排低矮的座椅，乔泰坐在其中一张椅子上。此处甚为凉爽，周遭也十分静寂。陶干走上前去时，闻到一股淡淡的香气，却是来自紫檀木与行将枯萎的茉莉花。

狄公身穿一件掐金边的紫袍，头戴镶有宰相金徽的乌纱高帽，背靠宽大的圈椅，两手笼在阔袖中。乔泰蜷起宽阔的双肩，两眼直盯着案上的青铜古董，似也陷入沉思。这四年以来，狄公显然苍老了许多，面庞更为消瘦，眼角唇边生出许多深深的皱纹，两道浓眉虽仍是漆黑，一副长髯却已杂有不少银丝，陶干看在眼里，不禁又觉心中一震。

陶干走到书案前，躬身行礼。狄公抬头一看，坐直起来，抖一抖长袖，说话时语声低沉："你且坐在乔泰旁边。这里有个坏消息。我派你二人去码头微服私行，此举果然得当，使得情势大有进展。"说罢转头对侍立一旁的管家命道："送一壶新茶来！"

管家离去后，狄公两肘据案，对着陶干乔泰注视半晌，惨然笑道：“我们三人重又聚首，总是幸事一桩！自从到了京城，大家各忙各的公务，竟难得有空闲谈一二，想当年我外放为县令时，倒是几乎每日叙话。回首往昔，着实令人怀念，当时洪都头还与我们在一起……”说到此处，抬手疲惫地拂过脸面，随即振作精神，在椅中坐直，打开一把折扇，对陶干又道：“乔泰方才目睹了一桩杀人案，手段格外凶残，我自会让他告诉你来龙去脉，不过在此之前，我想先听听你对这广州城有何评议。”说罢点一点头，朝后靠坐在椅背上，摇起手中的扇子。

陶干在座中挪动一下，徐徐说道：“我与乔泰送相公入府之后，便坐了一乘小轿去城南，想要依照相公的吩咐，在番坊附近找个地方落脚。乔泰在怀圣寺旁边选了一处，我在南门外的码头上选了一处，后来在一家小饭铺里会合，吃过午饭，整整一下午都在河边四处逡巡。我们看见那一带有许多大食人，听说城内大约有一千人定居，另有一千住在港口的船上。他们彼此很是抱团，但与汉人似乎不甚来往。市舶使院的一名守卫打了一个大食人，其他大食水手一怒之下意欲动武，但是看见一队官兵出来震慑，又被一个大食首领训斥了几句，便立时乖乖住手。”说罢若有所思地捋一捋髭须，接着又道：“相公明鉴，广州城在整个岭南最为富庶，以其夜中行乐而著称，尤其是那珠江上的花艇。所谓世事无常，在此地更是臻于极致：今日犹为富商，明日就可能沦为乞丐，赌桌上每晚都有人大发横财，也有人丧尽家产。这里实是所有投机取巧之辈与坑蒙拐骗之徒的绝好去处，且时时处处都有人在做巨额不法交易。但是本地人皆以经商为重，不会为了时局政事而忧心劳神，如果发些怨言，也只是由于对官府插手生意感到不满，与天下所有商贾一般无二。不过，我并没发现任何怨声载道的迹象，也看不出一小撮大食人如何会掀起大风大浪来。”

狄公听罢默然不语，陶干接着叙道：“离开码头之前，在一家酒肆里，我二人结识了一位姓倪的船主。此人会说大食语和波斯语，常去波斯海上做生意，性情十分豪爽，看去颇可结交，乔泰便接受了他的邀请，答应明日前去拜访。”说到此处，胆怯地瞥了狄公一眼，又问道：“相公为何对那些番邦黑汉子如此有兴？”

“因为有一重要人物在此地失踪不见，要查明他的下落，我们唯一的指望就在大食人身上。”

这时管家进来，眼看着两名家仆将精美的古董瓷杯端到桌上，再亲自上前执壶斟满。狄公对管家命道：“你且下去，等在外面。”随后注视着陶干乔泰，接着叙道，“自从圣躬违和，朝中争斗便日益激烈，并分作几派势力，一派支持太子登基，另一派则支持想要以武氏亲族取而代之的武后，还有一些权臣联合起来，赞成龙驭上宾之后立一摄政。居中斡旋最有力者，乃是御史大夫柳道明。你二人想必从未见过他，不过一定有所耳闻。此人虽然年岁不大，却极富才干，对国事尽心尽力，且又端方正直、禀赋超群，令我十分赞赏，因此曾与他过从甚密。若是局势转危，我自会全力支持他。”

狄公呷了一口茶水，思忖片刻，接着说道：“大约一个半月前，柳大夫行至此城，同来的还有其亲信苏学士与几名通晓武事之人。朝廷预备出海远征安南，命他前来查看预备得如何。回京之后，柳大夫递上一份呈文，盛赞岭南道节度使翁健。如今我们正在翁节度的府内。

“六七天前，柳大夫突然重返广州，这次只带了苏学士随行，既非受命而来，也就无人知晓他此行的目的何在。到达此城后，他并未告知翁节度，也从未来过这府中，显然意在微服私访。一个官府密探曾在番坊附近碰巧遇见他二人，皆是徒步而行、衣着寒酸。翁节度得知此事后，立即上报京师，朝廷命翁节度查出柳大夫的下落，并转告他立即回京，不得延误。翁节度派出手下所有密探缉捕，将城内齐齐筛了一遍，结果却一无所获，柳大夫与苏学士皆是无影无踪。”

狄公长叹一声，摇一摇头："此事须得秘不外宣，只因柳大夫若是离京日久，必会引起朝中大乱。朝廷疑心在广州出了事端，因此传令给翁节度，道是此事已了、终止追查，同时又命我亲自前来暗访，表面上打着户部质疑番人经商、特来巡察的幌子，实则却是为了找到柳大夫，再查明他为何来此并滞留不归。至于苏学士，就不必再费神寻找了，其人的尸身如今正横陈在侧厅内。乔泰，你对陶干说说发生过何事！"

乔泰依命简述了一番发生在蕃坊内的双尸案，陶干听罢大吃一惊。过后狄公又道："乔泰将尸体送来后，我立时便认出正是苏学士。必是你二人走在码头上时，他认出了乔泰，然而以前从未见过你，见有你这陌生人在旁，不想上前搭讪，便一路跟去酒肆，直等到你们各自走散，方才与乔泰搭话。但是他被一名大食刺客跟踪，还有一个神秘的矮子。那二人看见苏学士与乔泰说话，于是决意迅速下手。番坊内里巷极多，七拐八弯，还有不少未知的近道，那二人及其同谋大可捷足先登，埋伏在乔泰与苏学士即将经过的某条巷内。大食刺客果然谋害了苏学士，算是得手了一半，意欲再对付乔泰时，不料又有一个身份不明之人介入，将那刺客勒死。如此说来，我们须得对付两拨人，皆是组织严密、冷酷无情，行事时却互相为敌，亦可见柳大夫正遭遇麻烦，且非同小可。”

陶干说道：“敢问相公，究竟是什么麻烦，莫非没有一点线索？”

“除了他对此地的大食人颇有兴趣之外，再无其他。今日一早，你二人出门去找客店，翁节度引着我来到这东厢院内，我命他将本州本城去年的官府密录送来，以便了解些概况。整整一上午，我仔细看过这些卷宗，其中事务皆是平常，既与本地的大食人无关，也看不出任何能令柳大夫格外起兴之处。我还找到了曾偶遇柳苏二人的密探所写的呈文，其中道是他二人穿得十分破旧，看去面色苍白、神情忧虑。密探见柳大夫与一名路过的大食人搭话，正想上前确证，那三人却消失在人群中，于是赶紧回府报知翁节度。”

狄公喝完杯中的茶水，接着说道：“在离京之前，我曾仔细查阅过柳大夫正在办理的公事，没发现任何与广州或广州大食人有关的消息。至于私事方面，我只知道他家资甚富，但尚未娶妻，除了苏学士之外，再无其他密友。”说罢目光犀利地瞥了陶干乔泰一眼，又道：“提醒你二人一句，这些事全都不可让翁节度知晓！方才我与他一同饮茶时，对他道是在京城里听说苏学士行事可疑，曾在广州与下等大食人厮混一处。务必让他以为我们来此只为勘查番人经商一事。”

乔泰问道:“相公，这是为何？既然翁节度在当地官职最高，应可襄助我等……”

狄公连连摇头:“你别忘记柳大夫再来广州城时，并未告知翁节度，或是柳大夫在此所行之事极为机密，甚至不敢泄露给翁节度，但也可能是信他不过，疑心他与自己追查的秘事有所牵涉。无论哪种情形，我们都得谨遵柳大夫严守秘密的举措——至少也得等到我们对本地情势知晓更多，因此不可利用当地官府提供的便利。不过，用罢午饭后，我召来巡兵中主管特署之人，他已选了四名密使，协助我们勘查例行事务。你也知道这特署完全独自为政，当地军营无权过问，有事可直接上报京城。”说罢叹息一声，又道:“如今你们算是知道了难处何在。我们既要为了一个编造的事由，假装与翁节度密切协作，又要掩人耳目，私下里小心勘查。”

“还有一个不知名的对手，正紧盯着我们的一举一动!”陶干说道。

“不仅盯着我们，还盯着翁节度与苏学士。”狄公更正道,“对方或是一人，或是一伙。他们不可能知道你我此行的真正目的，此事十分机密，唯有朝廷重臣晓得。他们盯住了苏学士，可能也有翁节度，因为不想让这二人与外人接触。既然他们不惮于动手杀人，柳大夫可能也身处危境。”

“那翁节度有没有什么可疑之处？”乔泰问道。

“据我所知，完全没有。在离京之前，我在吏部查过他的记录，看去为官勤勉、精明强干。二十年前，他在此地担任佐官，便已是才干超群，后来历任地方县令，政绩出色，升为刺史，两年前又被派到广州，受命为岭南道节度使。即使在私事上，他也无可指摘，家中共有三子一女，唯一的苛评是野心勃勃，极力想谋求京畿道节度使的位子。我对他议论了大半日苏学士被杀一案后，命他在晚膳前两刻钟时召来对番邦贸易最为在行之人，希图以此为由，搜集些有关大食人的消息。”狄公说罢，站起身来，“我们这就去议事厅，他们一定正在那边等候。”

三人朝门口走去时，陶干问道：“相公，堂堂一个御史大夫，怎会与那些番邦蛮夷的细事有所瓜葛？”

狄公谨慎地说道：“谁也不知其中有何缘故。大食各部似是联合在一个首领名下，他们称其为哈里发，此人已用武力攻占了西边的荒野。我朝乃是礼仪之邦，文明昌隆，外头那些蛮荒之地发生何事，自然与我等无关，哈里发还不曾强势到敢于派出使节、奉上礼物，请求圣上封其为诸侯，不过，他也可能与我朝的死敌突厥人联络，泊在城南的大食货船，不定也会给安南的叛军运送军火——只是举出两种可能而已。姑且不必妄加推测，我们走吧！”

五

管家恭敬地在前引路，狄公与两名亲信一路跟随，走过迷宫也似的檐廊。中庭内挂着五彩灯笼，一干吏员、信使与守卫正穿梭往来。四人经过一扇大门，步入华丽的议事厅，里面点着十几盏灯台，皆有一人来高，照得一片通明。

翁健亲自上前恭迎。只见他身量高大，双肩宽阔，蓄有胡须，身穿华贵的墨绿锦袍，躬身长揖时，阔袖拂过汉白玉地面，镶有金徽的乌纱帽微微颤动，并发出簌簌之声。狄公介绍乔统领与陶主簿时，翁健只草草施礼致意，随即引见跪在一旁的清瘦老者。此人以额触地，行过叩拜之礼，正是主管全城事务的刺史鲍宽。

狄公命鲍宽站起，随意打量一眼，却见他满面皱纹，忧色甚重。翁健走到厅堂后方，请狄公在正中尊位就座，随即端立于高台前。虽说他在岭南官阶最高，却仍是比身为大理寺卿、且又拜相二载的狄公低了数等。

狄公上前坐下，乔泰陶干分立左右两侧。陶干身穿褐袍，头戴高高的纱帽，看去气度尊贵，乔泰已套上镶缨头盔，又从府内武库中取了一把佩剑，穿着紧身锁子甲，愈发显得肩宽背阔，双臂粗壮。

翁健躬身一揖，郑重说道："下官谨奉尊命，已召来梁甫与姚泰开二人。梁先生是城中一名富商，他……"

"昔日曾有梁氏一族，九人被害，几乎灭门，他可是出于此家？"狄公插言问道，"十四年前，本官任蒲阳县令时，曾经办过此案。"

翁健恭敬说道："那正是相公勘破的诸多奇案之一！至今仍在广州被人谈论，并啧啧称赞哩！不过梁先生并非出于此族，而是已故的梁老将军的独子。"

"真是名门之后。"狄公赞叹一句，打开折扇，"梁老将军雄才大略，有勇有谋，人称'镇南海'。本官与他只见过一面，其人仪表不俗，是故至今犹记。看去敦实粗壮，肩宽背阔，前额低矮，颧骨高耸，虽说其貌不扬，然而双目犀利如电，一看便知不同凡响！"说罢捻一捻髭须，又道，"为何其子未承父业？"

"回相公，梁先生一向体弱多病，不宜从军，实乃一大憾事。他承继了其父的精明睿智，经商十分有成，且又精通棋艺，乃是本地一等一的高手！"翁健说到此处，掩口咳嗽几声，又道，"以梁先生这般家世出身，自然不肯屈尊……亲与那些番商结交，但仍对各方商情了然于心。再说那姚先生，却与番商们过从甚密，主要是大食人和波斯人，对此并不介意。他出身……远非显赫，心胸开阔，性情随和。相公想要了解本地的商贸概况，他二人当可助一臂之力。”

“偌大一个广州城，本以为会有更多知晓番商的内行，当不止这区区二人。”狄公随口议论道。

翁健迅速瞥了狄公一眼，徐徐说道：“回相公，番邦商贸被管得极严，由于多半归朝廷管辖，因此不得不如此行事。梁姚二位正是在暗中操控之人。”

乔泰走上前来，说道：“听说有一位姓倪的船主，也是深谙此业，其名下的船只常去大食各地。”

“姓倪？”翁健说罢，疑惑地瞥了鲍宽一眼。

鲍宽缓捋细细的山羊胡，含糊说道：“不错！这人在船主中颇有些名声，不过最近三年里似乎未再出海，并且一向……放荡不羁。”

“明白了。”狄公说罢，对翁健又道，“让那二人进来。”

翁健对鲍宽传令后，随即走上高台，立在狄公的右手边。一时鲍宽引着两名男子进来，一人甚为瘦小，另一人却身量颇高、大腹便便，走到高台前齐齐跪下。鲍宽道是前为梁甫，后为姚泰开。

狄公命二人站起。只见梁甫面色苍白，神情冰冷，髭须漆黑平滑，颌下细细一绺山羊胡，眉弯如画，眼睫也长得出奇，看去颇有阴柔之气，身穿一件橄榄绿长袍，头戴一顶黑纱帽，可知是个有功名之人。姚泰开则形容迥异，一张圆脸膛看去喜气洋洋，蓄着粗硬的髭须和一圈齐整的络腮胡，硕大无神的两眼周围满是细小皱纹，口中微微喘息，通红的面上渗出汗珠，皆由那一身庄重的褐色锦袍所赐。

狄公温言寒暄几句后，先问梁甫商情如何。梁甫说得一口极好的官话，言语有致，切中肯綮，显得机敏逾常，神态亦是从容自若，天生一副大家气度。狄公得知大食人在广州占据的地盘颇大，着实出乎自己意料，不禁暗暗吃惊。听梁甫道是大约有一万大食人散布在城内与城郊，不过这一人数会随着季节变化而上下波动，皆因所有华夷船主在远赴安南与马来之前，须得等待冬日季风，过后扬帆前往狮子国，再沿天竺入海去波斯湾。大食与波斯的货船可载五百人，汉人商船则更甚。

梁甫应答如流，姚泰开似是颇受震慑，乍一开口时，想要夸耀几句，不过一旦谈及自家生意，狄公立时听出此人对理财的难处把握极准，着实精明过人。姚泰开列举出

狄公召见广州名流

各路番商贩入的一连串货物后，狄公说道："本官实在想不出你如何能认清那些番商。在我看来，他们长得全都一个样！与未经教化的蛮人每日交接往来，想必十分劳神吧！"

姚泰开耸耸肩头："回相公话，要做生意，就必须照单全收！也有个别番商入乡随俗，多少学了一些华夏礼仪，比如那大食首领曼苏尔，不但说得一口流利的汉话，还颇为好客。实不相瞒，他已请了小民今晚去家中赴宴。"

狄公见姚泰开脚底动了几动，看去颇不自在，似是急于离去，于是说道："姚先生一番言语，令本官十分受益。你可以走了，且带这位乔统领同去赴宴，定会令他十分得趣。"说罢示意乔泰近前，低声命道："你去查清大食人在城内如何分布散居，留神多听多看！"

一名副官引着乔泰与姚泰开走出大门。狄公与梁甫又议论了半日梁老将军的旧日同伍，随即打发他离去，默默摇了半日扇子，忽对翁健说道："京城距此甚远，我等素闻粤人性情执拗，天生特立独行。若是再加上所有番邦蛮夷，要维持城内安定，怕是颇为不易吧。"

"回相公，下官倒是无可抱怨。鲍刺史治理有方，手下又有一干能员，军营中的兵士大多来自北方，亦是见多识广。虽说当地人有时难免性情乖戾，不过总体而言，很是遵纪守法，只要稍稍用些手段……”翁健说到此处，耸耸肩头。鲍宽开口欲言，却又改了主意，终是未发一语。

只听“哗啦”一声，狄公蓦地合起折扇，起身离座。翁健引着狄公与陶干行至门口，再由管家将二人送回东厢。

狄公让管家引路，走到后花园的一座凉亭里。此时月光如水，园内鱼池上飘来一股清气。二人坐在汉白玉雕花栏杆边的一张小茶几旁。狄公遣去管家，缓缓说道：“方才一番言语，倒是颇有趣味。如今我们得知此地的大食人数量颇多、出乎意料，但是除此之外，也所获无多。莫非我漏掉了什么不成?”

陶干郁郁摇头，半晌后说道：“相公曾说过柳大夫为官无懈可击，却不知他私下里有何癖好？既然此人年富力强，又尚未娶妻成家……”

“我也想过这一层。身为当朝宰相，我手中可有各种便利，想要追查他的私下行止，自是易如反掌。他虽说相貌堂堂、仪容潇洒，对女人却从无半点兴趣。京城里许多名门望族想要与他联姻，结果全是徒劳。以他那般身份地位，几乎每晚都得出门赴宴，必会遇到千娇百媚的歌伎舞姬从旁侍奉，但也从未听说过曾与哪个名妓结交。此种浑然无感，倒不是因为天生嫌恶女子——想必你也晓得，在年轻英俊的男子中，此事并非十分罕见。柳大夫之所以不近女色，只是由于将全副身心都投入公事之中。”

“敢问相公，难道他全无一点嗜好?”

“只有一样，他极爱蛐蛐，并且收藏颇多，既有会唱的，也有会斗的。我最末一次见到他时，还曾谈及此事。我听见从他袖中传出吱吱声，但见他取出一个银丝小盒，里面装着一只蛐蛐，还道是此物从不离身，实为难得的佳品，若是我没有记错的话，名字叫做金钟。他……”狄公说到此处，见陶干面露骇异之色，便煞住话头，惊问道，“哪里不对头?”

陶干徐徐答道:“我一路前来府内时，曾遇见一个盲女。她专门售卖蛐蛐，昨晚刚刚捉到一只金钟，此事自然纯是巧合。不过，既然她也说过金钟难得一见，尤其在这岭南一带，说不定……”

“这全得看她是从何处捉来，又是如何捉来的。你再仔细说说!”

“回相公，我在集市附近与她偶遇。她不但独自捉蛐蛐，还能从其鸣声中辨识出品种好坏。城西有一座著名的花塔寺，她经过寺院西墙时，闻得金钟的独特叫声，必是藏在墙缝里，听去受了惊吓。于是她设下诱饵，将那蛐蛐引入一个小葫芦里。”

狄公听罢未发一语，手捋颊须，半晌后沉思说道：“那金钟不定真是柳大夫随身所携之物，当他在花塔寺附近时，从笼中逃逸出来。此事虽过于离奇，但也不能完全置之不顾。乔泰已去曼苏尔家中打探消息，你我不妨也去花塔寺走一趟，看能否寻得一丝线索。无论如何，我听说那是此城的古迹之一。你我就在路上随便用些晚饭。”

“相公不可如此！”陶干骇然叫道，“从前做县令时，微服出行一两遭倒也罢了，但是如今身为当朝重臣，着实不能……”

“我不但可以，而且乐意如此！身在京师时，必得遵循与官阶相称的种种繁文缛节，也是无法可想。不过如今出京在外，我可不想放过这四处走动的好机会！”狄公说罢，抬手一挥，不容陶干再发异议，“待我换过这身衣袍，与你前厅中再会。”

六

乔泰出了议事厅，快步走入武库，脱去盔甲，换上一件灰布薄袍，戴上一顶黑纱帽，随即去门楼处与姚泰开会合。姚泰开提议先回家中，意欲在赴宴前换过衣袍。二人上了姚家的舒适软轿，一路朝西而去，直至光孝寺附近的一所大宅中。

轩敞的花厅内，乔泰一边等候，一边疑惑地朝四下打量。此间陈设奢华俗艳，条几上堆着几只闪亮的银瓶，里面插满蜡制假花。墙上悬着大红条幅，皆是称颂姚泰开家资富有、德高望重之语。一名侍女送上茶水，虽则衣着端庄，面上却涂脂抹粉，上下打量乔泰几眼，从其做派看去，以前应是当行舞姬。

过不多时，姚泰开走入花厅，已换上一件蓝布薄袍，头戴一顶简朴的黑帽，套得十分俏皮，欣然说道："我们这就走吧！今晚我很是忙碌，宴席过后，另有一桩要紧事。幸好大食人的宴会早早便会结束。"

二人坐入轿内，行至街中时，乔泰问道："我们去了之后，会有何款待？”

“吃食颇为简单，不过倒也十分可口、别具风味。比起我们汉人的美食来，自然相差甚远，此事无须多说。乔统领可曾尝过我们广州的清炖八爪鱼？或是鳗鱼？”

姚泰开接着详述了一番粤菜名品，听得乔泰口水直流，随后又讲到本地美酒，更是令人心动不已。乔泰心想此人显然养尊处优，虽说是个忒显粗俗的暴发户，倒也还讨人喜欢。

轿子停在一座雪白的门楼前，二人下来，乔泰出声叫道：“今日我早早用过午饭，听了你这一席话，真是饿得要命！即使来一整头烤猪，我也能吃下去哩！”

姚泰开连忙说道：“小声些！切不可提起猪肉！信奉清真教者甚至不许碰它，说是不洁净。他们也不许饮酒，不过自有另一种饮品，味道甚佳。”说话时敲叩几下门板。门上镶有铁制饰物，做成鱼形模样。

一个驼背老者出来开门，头上缠着带有条纹的头巾，引着二人穿过小小的庭院，走入一个长方形花园中。园内植有低矮的花树，布局奇特。一个高瘦汉子上前相迎，身穿一袭长袍，裹着头巾，月光下看去皆是雪白。乔泰认出他正是在码头上喝斥大食水手之人。

姚泰开欣然说道：“曼苏尔，祝你清吉平安！我自作主张带了一个朋友，这位乔统领从京师而来。”

曼苏尔紧盯着乔泰，两眼硕大有神，衬着暗褐色的肌肤，眼白愈显分明，说话时语声洪亮，一口汉话虽则讲得缓慢，却十分清晰流利：“祝所有虔诚的信徒清吉平安！”

乔泰心想此语若是只对清真教徒而发，自己与姚泰开则不在其列，听去着实无礼，不过等到悟出其意时，曼苏尔与姚泰开已在俯身观看一棵灌木，并大谈起如何种花植树来。

“这位可敬的曼苏尔极爱花卉，我也同有此好。”姚泰开站直说道，“这些花木香气浓郁，全是他从大食国带来的。”

乔泰果然闻到一股幽香飘来，只是方才主人出言不逊，自己又腹内空空，故此实在无心赏花，不禁悻悻打量后面的低矮房舍。只见怀圣寺的光塔耸立在夜空中，原来此宅离自己住的五仙居相去不远。

曼苏尔终于引着客人走入花园后面的房中，不但十分阔大，而且四下通风，正面有一排高高的敞口拱门，上有尖顶，古色古香。室内不见一样家什，自然连饭桌也无，乔泰看在眼里，心中不免忐忑。地上铺有厚实的蓝绒地毯，墙角处放着几只丝枕，从屋顶上吊下一盏黄铜灯，共有八个灯芯。整面后墙蒙着一幅帘幕，用铜环挂在靠近天花板的一根长杆上，而不是通常所见的缝制后挂在竹竿上。如此样式，乔泰以前还从未见过。

曼苏尔与姚泰开盘腿坐在地上，乔泰略一迟疑，也依样而行。曼苏尔显然看出乔泰颇为着恼，故意字斟句酌地说道："据我想来，这位贵客不会反对坐在地上，而不是坐在椅中吧。"

"身为从军之人，我早已习惯对付各种不适。"乔泰怒道。

"我们觉得自己的起居方式十分舒服。"曼苏尔冷冷说道。

乔泰心中陡生厌憎，但须得承认此人生得仪表堂堂，相貌端正，轮廓清晰，窄细的鹰钩鼻，蓄着长长的髭须，末端朝上卷曲，看去颇具异域风情，此时端然正坐，平坦的肌肉在白色薄袍下隐隐浮现，显然极有耐性。

为了打破这难堪的沉默，乔泰指着墙上高处一张花样繁复的条幅，开口问道："那些曲里拐弯的花样是何意思？"

曼苏尔迅速答道："那是大食文字，写的是神圣的经文。"

"你们共有多少个字？"

“二十八个。”

“我的天！统共就这些？我们足足有超过两万个字哩！”

曼苏尔撇一撇嘴，报以轻蔑的一笑，转身拍手示意。

“他们如何能用区区二十八个字道出自己的想法呢？”乔泰对姚泰开低声说道。

姚泰开微微一笑，低声回道：“他们并没太多想法需要道出！上菜了！”

只见一个大食后生走入，手托一只雕花大铜盘，上面摆着几只炸鸡、一把酒壶和三只彩釉酒杯，又上前斟出酒水，随即退下。

曼苏尔举杯在手，肃然说道：“欢迎前来敝宅！”

乔泰呷了一口，只觉酒中带有浓重的八角味，倒也十分可口，闻得一股肉香扑鼻，却不见有筷子送上，不知该如何下口，一时茫然无措。酒过三巡，曼苏尔与姚泰开徒手撕开炸鸡，乔泰见状，便也依样而行，咬下一块鸡腿肉，只觉味道上佳。家仆又送上一大盘金黄炒饭，杂有碎羊肉、葡萄干与杏仁。乔泰心中欢喜，见那二人用手将炒饭抓成饭团，然后送入口中，也便如法炮制。另有一仆端上一盆加香的清水，乔泰洗过两手，朝后靠坐在软垫上，咧嘴笑道：“味道真是好极！来，我们再干一杯！”

三人一饮而尽后，乔泰对曼苏尔说道："你我正好做了邻居！我就住在五仙居。你且说说，是不是所有大食人都住在这蕃坊内？"

"大多数确是如此。我们乐意住在礼拜寺附近，祝祷的经文就从宣礼塔顶上发布。一旦有大食船只驶入港口，我们会在那里点起烽火，并祝他们平安上岸。"曼苏尔说罢，举杯一饮而尽，随后又道，"大约五十年前，我们使者——愿安拉赐福安于他！——的一个亲戚来到此城，住在小北门外，后来在自家宅内离世。[1] 为了照看他的拱北，许多虔诚的信徒在那圣地周围定居下来。此外还有一条规矩，我们的水手都住在离市舶使院不远的六家大客栈里。"

"我曾在城内遇到一位汉人船主，此人姓倪，会说你们的大食语。"

曼苏尔小心地瞥了乔泰一眼，徐徐说道："倪某人的父亲是汉人，不过母亲却是波斯人。波斯人无足称道。四十年前，在纳哈万德一役中，我们伟大的哈里发率领英勇之师，已彻底击败了他们。"

姚泰开提议再干一杯，随即问道："听说哈里发的地盘

---

[1] 此处提及之人，似为宛葛素，卒于公元 629 年。详见译后记。

以西，住着肤色雪白之人，还生有蓝眼黄发，可是实情？”

“活人不会长成那般模样！定是鬼怪一类！”乔泰反驳道。

“确有此事。”曼苏尔肃然说道，“他们也能征善战，甚至还能书写，不过是从左往右写字，方向完全不对。”

“这下更没错了！”乔泰满意地说道，“他们定是鬼怪无疑！在阴曹地府里，凡事都是与阳间反着来的。”

曼苏尔一口喝干酒水，又道：“其中有人还生着红发。”

乔泰上下打量曼苏尔一眼，心想此人净扯些无稽之谈，定是喝得大醉了。

“曼苏尔，如今来些大食舞如何？”姚泰开咧嘴笑问一句，又对乔泰说道，“乔统领可曾见识过大食舞姬？”

“从来没有！她们能跳得和我们汉人姑娘一样好？”

曼苏尔坐直起来，大声说道：“以安拉之名！这般问话，正显出你的无知！”说罢两手一拍，用大食语冲家仆喝令一声。

姚泰开兴奋地低声说道：“留神看那帘幕！若是我们运气好，将会大饱眼福哩！”

只见帘幕一挑，出来一个女子，身量略胜中人，全身赤裸，只在腰臀处系了窄窄一条镶有流苏的黑带，垂得甚低，以至小腹完全裸露在外。肌肤平滑，肚脐中嵌着一颗晶莹透亮的绿宝石，看去令人惶惑不安。腰身纤细，愈发显得双峰圆润硕大，两条玉腿丰满撩人，肌肤呈明艳的金褐色。虽说生得眉目灵动，却并非汉人心目中的标致美女，两眼涂着墨黑的眼晕，看去过于硕大，红唇也过于丰满，一头发亮的墨蓝色秀发卷曲缠绕。对于这种种异域风情，乔泰既心生拒斥，又感到一种莫名的蛊惑。但见她立在原地，双眉微扬，打量着席间诸人，那一双水灵灵的大眼，竟令乔泰蓦然记起多年前打猎时曾失手误杀的一头牝鹿。

女子走到室内，脚踝处套的金铃发出几声轻响。她全不在意浑身赤裸，抬起右手放在胸前，冲曼苏尔躬身一拜，又对着姚泰开与乔泰点头致意，面朝曼苏尔跪下，双膝紧紧并拢一处，两只纤手交叠放在腿面上。乔泰见她的手掌与指甲全都涂成猩红，不禁吃了一惊。

曼苏尔见乔泰瞠目而视，露出赞赏之意，不禁得意地微微一笑，徐徐说道："这便是舞姬祖母绿，将给诸位献上我大食国的舞蹈。"说罢又一拍手。

两个身着宽袍的大食人从帘幕后走出，蹲在远远的墙角处。一人开始敲打一面大木鼓，另一人手持胡琴，将修长弯曲的藤弓横在琴弦上。

曼苏尔宴请两贵客

曼苏尔定定注视着祖母绿，硕大的两眼中隐隐闪出火焰。祖母绿不经意地瞥了曼苏尔一眼，半转过身，放肆地打量另外二人，正欲对姚泰开讲话时，曼苏尔冲那两名乐师喝令一声。

胡琴开始奏响，曲调哀怨低沉，祖母绿将两手放在脑后，开始缓缓摇动上身，同时朝后渐渐倾倒，直到后脑枕着双臂触及地面，双峰高耸，卷发散落在圆润的玉臂上。只见她闭起两眼，睫毛在平滑的面颊上投下长长两道弧线。

乐曲转为急促，伴随着沉闷的鼓声。乔泰本以为祖母绿会起身跳舞，不料她仍是一动不动，忽见肚脐正中的绿宝石缓缓移动，不禁吃了一惊。只见她全身其他部分纹丝不动，唯有腹部在上下左右地挪移，时断时续，看去十分古怪。鼓声愈发急促，那绿宝石开始转圈，似是渐渐变大，在灯下闪出邪恶的光芒。乔泰两眼紧盯着绿宝石，只觉得血脉偾张，喉头收紧，面上滴汗，自己却浑然不觉。

鼓声戛然而止，乔泰猛地回过神来。随着几个尖利刺耳的尾音，琴声也就此终结。一片死寂之中，祖母绿重又抬起上身，回复到跪地的姿态，动作轻盈柔媚，宛如野兽一般，抬手敏捷地理好长发，胸脯上下起伏，赤裸的全身蒙着一层湿汗。乔泰这才留意到她用过香露，散发出浓郁的麝香气味，还混有一种微微刺鼻的体臭，虽说令人厌恶，却又激起了蛰伏在心底的某种本能感受，竟至想起打猎时野兽的气息，作战中汗湿的马匹与温热的血腥气。

“真主赐福！”曼苏尔大声赞罢，从腰间摸出一枚番邦金币，放在祖母绿面前的地上。祖母绿拣起金币，看都不看一眼，扬手一抛，扔给了屋子那边的两名乐师，随后跪地转身，用流利的汉话对乔泰说道：“这位生客，可是从远方而来？”

乔泰咽了一口唾沫，只觉喉头紧绷，连忙举杯呷了一口酒，竭力从容答道：“我从京师中来，姓乔名泰。”

祖母绿用一双水汪汪的大眼注视乔泰半日，又转头望向姚泰开，懒洋洋地说道：“姚先生看去气色甚好。”

姚泰开咧嘴一笑，学着大食人的腔调说道：“感谢真主，我十分安好！”说罢紧盯着祖母绿的丰胸，斜眼一瞟曼苏尔，又道，“正如我们一位诗人所说：果沉压枝低！”

曼苏尔面色一沉，犀利的两眼直盯着祖母绿。此时她正为二客斟酒，倾身朝前凑向乔泰，那类似野兽的浓烈气味令乔泰心口一颤，不禁握紧双拳，极力抑住直往上涌的血气。祖母绿低头靠近乔泰，缓缓一笑，露出两行齐整的贝齿，又低声说道：“我就住在第四排的头一条船上。”

“过来！”曼苏尔叫道。

祖母绿转过身去，曼苏尔用大食语斥骂了几句。

祖母绿郁郁扬起双眉，用汉话傲然答道："大船主听好，我中意哪个，就与哪个搭话。"

曼苏尔恼怒地一皱眉，竟至面目扭曲，眼白愈发鲜明，吼叫道："说出这等冒犯的话来，还不低头道歉！"

祖母绿冲地上啐了一口，正落在曼苏尔面前。

曼苏尔咒骂一声，一跃而起，伸手揪住祖母绿的头发猛力一扯，将整个人从地上拖起，又用另一只手扯下她腰间的细带，拽着她面向二客，哑声叫道："好好瞧瞧这婊子的媚处！出钱就能买到！"

祖母绿想要挣脱，不料曼苏尔拖着她猛一转身，迫使她双膝跪下，又将头按到地上，对两名乐师喝命一声。手持胡琴的男子连忙起身，递上藤弓。

乔泰顾视一旁，不去看那蜷伏在地的祖母绿，冷冷说道："曼苏尔，你们有口角争执，最好私下里了结。如此大动干戈，未免令客人十分难堪。"

曼苏尔狂怒地看了乔泰一眼，开口欲言，却又止住，咬紧双唇，放下高高举起的藤弓，松开祖母绿的头发，重又坐下，压低嗓子咕哝一句。

祖母绿从地上站起，拣起被扯坏的带子，转头对着乔泰和姚泰开，两眼喷火，含怒说道："记住他说过的话。

谁出价最高，我就归谁!”说罢扭头便走，消失在帘幕后方，两名乐师也匆匆跟出。

“这姑娘好生泼辣！我得说很难降服哩!”姚泰开对曼苏尔咧嘴笑道，替对方再度斟满，又举起自家酒杯，“多谢这一番盛情款待!”

曼苏尔默默点头。姚泰开站起身来，乔泰也跟着立起，本想略谢几句，却见曼苏尔眼中明显带有恨意，于是打消此念。曼苏尔引着二人穿过花园，行至门口道别，口中含糊咕哝了几句，几乎难以听清。

姚家轿夫立时从地上站起。乔泰冲他们摇一摇头，对姚泰开说道：“你我不妨略走几步。里面十分闷塞，番酒喝得我有些头晕。”

“小民在本地颇有名望，实在不宜徒步在外行走。”姚泰开犹疑说道。

乔泰冷冷说道：“身为禁军统领，我也不宜徒步在外行走。既然街中清静，也就没人会看见。随我来!”

二人朝街角走去，众轿夫拖后几步，一路相随。

“吃食倒是不赖，不过那厮着实不该如此失态。”乔泰低声说道。

姚泰开耸耸肩头，“你指望那些蛮人会怎样？不过，你拦住了曼苏尔，未免有些可惜。今日祖母绿着实造作了一番，吃点苦头倒也不无好处。她并非纯种的大食人，其母本是住在水上的疍家，因此性情愈发狂野不羁。无论如何，曼苏尔并不敢当真下狠手抽她，如此一来，就会挂彩并留下伤痕。”说罢舔舔口唇。

乔泰愠怒地瞧了姚泰开一眼，心想此人竟是心思卑劣，先前生出的好感就此打消，不禁冷冷说道：“曼苏尔看去一心想要打人。为何他不敢弄出幌子来？”

姚泰开闻听此言，显然颇为尴尬，犹豫半晌，方才答道：“祖母绿并不是曼苏尔的人——至少据我所知，情形确是如此。我猜祖母绿有一个势力颇大的主顾。这些人虽不介意自己的女人出去献舞挣几个小钱，但若是看到她们回来后皮肉有损，定会心中不快。”

“但是曼苏尔明明说过出钱就可买到她！”

“那只是为了羞辱她而已。乔统领，千万不可听了此话就动什么心思！我不会提议你去结识那些黑漆漆的女人。她们行事自有一套，十分凶蛮，就像山野里的猛兽一般。若是你不介意，如今我想要坐回轿内。我还与人另有约定……在另置的一处宅院内。”

“别误了你的事！”乔泰怒道，“我自有去处。”

姚泰开斜眼一瞥，似是觉察出对方态度有变，便伸手拍拍乔泰的胳膊，谄媚笑道：“改天晚上，我自会带乔统领前往！住在那里的女子规矩谨慎，且宅内的一应家什器物也……别具一格。每过一阵，我就会走一趟——其中缘故可就多了！并非是因为我在家中被服侍得不好，须得说好得很，看在我为妻妾们花费的钱财的分上，也理应如此。那舒适的小巢离敝宅不远，位置很是便利，就在光孝寺南边第二条街的拐角处。本应这就带你前去，只是那女子十分害羞，你也知道……颇费了一番功夫才弄到手哩！你我志趣相投，本也无妨，不过，若是她看见我与一个陌生人同去，难保不会……”

“够了，别让那女人久等，不定会溜走的！”乔泰说罢朝前走去，又喃喃自语道，“当真溜走的话，倒是最明智不过了！”

在下一条街中，乔泰叫来一乘肩舆，命人抬去节度使府。轿夫疾步前行时，乔泰朝后靠坐在椅背上，想要小睡片刻，奈何刚一闭起两眼，眼前便模糊浮现出祖母绿的身影，并再度忆起那一股撩人的气息。

七

狄公与陶干从角门出了节度使府，行至大街中。狄公身穿一件墨蓝色布袍，腰系黑绦，头戴一顶黑纱便帽，陶干穿一身褪色的褐袍，头戴须臾不离的旧绒帽，看去好似两名上了年纪的文人学士。

二人经过一排官署，看见头一家饭铺时，便迈步走入。狄公选了一张后方的桌子，正好可以环视店内众客，对陶干说道："你来点菜！你会说广东话。要一大碗云吞汤，我听说此地的云吞味道甚好，再加上蟹肉煎蛋，也是本地特色菜之一。"

"我们再要一壶本地水酒尝尝。"陶干提议道。

"你以前可是十分节俭，"狄公说着微微一笑，"怕是被乔泰带坏了吧！"

"我与乔泰时常会面，自从他那义弟马荣变得闭门不出之后！"

"正是因此，我没带马荣同来广州。他到底安顿下来、成家立业，令我十分快慰，不想让他再卷入种种险境中去，或许会引得他重又走上老路哩！我们三人照样也能寻到柳大夫！”

“柳大夫的形容举止，可有什么特别之处？我们前去花塔寺时，也好四处打问一番。”

狄公手捻颊须，思忖半晌，说道：“他生得相貌英俊，又出入宫廷，举手投足自然很有官家气度。他的口音或许可以提供一点线索，说起话来是典型的朝臣口吻，夹带着所有最为时新的用语。啊呀，这汤闻起来真是香气扑鼻！”说罢从碗中夹出一只云吞，又道，“打起精神来，陶干。比这更难的差使，我们以前也办过哩！”

陶干咧嘴一笑，埋头大吃起来。二人用罢这简单却实在的饭食，又喝了一杯福建浓茶，随即付账离去。

此刻已到晚饭时候，街中幽暗，少有路人。二人行至城西，却见人流渐渐稠密，走入通往花塔寺的大街时，更是一片熙攘喧闹，男女老少衣着鲜丽，全都朝同一个方向走去。狄公屈指一算，说道：“今日是观音菩萨的生辰，庙里想必观者甚众。”

二人刚走过山门，就看见寺内庭院中如同夜市一般。一条砖石甬道通向天王殿前的汉白玉石阶，两旁竖起许多临时灯柱，用饰有彩灯的花环彼此相连。左右两侧各有一排货摊，售卖的物品五花八门，有经书、玩具、蜜饯、念珠等等。卖油糕的小贩在人群中推推搡搡，一路高声吆喝。

狄公见此情形，对陶干怒道："真是不走运！这般人多喧闹之处，如何能寻出哪一个人来？那有名的花塔又在何处？"

陶干朝空中一指。只见大雄宝殿上方便是九层花塔，将近三十丈高，塔尖上有一金球，在月光下闪闪发亮。每层飞檐下悬着许多小银铃，依稀传来叮当之声。

"此塔甚是美观！"狄公赞罢，朝前走去，随意打量一眼右边的凉亭。此亭建在一丛修竹下方，里面空无一人，皆因众百姓正忙于观光赏景，无暇闲坐饮茶。门前立着两个女子，衣着俗艳，另有一个老妪斜倚在门柱上剔牙，两眼紧紧盯住二女。

狄公忽然止步，对陶干说道："你去前面四处看看，我随后就来。"说罢朝凉亭走去。

二女之中，一个看去年齿较幼，生得略有几分姿色，另一个则三十左右年纪，身量较高，面上涂了厚厚一层脂粉，仍掩不住饱受摧折的风尘之色。老妪将二女迅速推到一旁，对狄公谄媚地嘿嘿一笑，张口说起广东话来。

狄公听她絮聒半日，全然不知所云，便插言说道："我想与这两位姑娘略谈几句，不知她们懂不懂北方话？"

“说话？岂有此理！你要么做生意，要么拉倒！六十文钱，房子就在寺院后面。”老妪语声嘶哑，官话说得十分拙劣。

那年长女子原本无精打采地打量过狄公几眼，此时招手示意，用纯正的北方口音急急说道：“请老爷挑了我去！”

“那个瘦麻秆，你只需出三十文！”老妪说着冷笑一声，“为何不出六十文，消受这俊俏的小妮子？”

狄公从袖中摸出一把铜钱，递给老妪，断然说道：“我选这个高个儿的，不过想要先和她说几句话，我这人很是挑剔。”

“我不明白你这话，不过既然出了钱，就随你自便，愿做什么都行！谁让她花的比赚的还多！”

狄公走入凉亭，示意那女子跟来。二人在小茶几旁坐下，过来一个撇嘴冷笑的伙计，狄公要了一壶茶，还有一碟瓜子蜜饯。

女子疑惑地问道：“这是要做甚？[1]”

“我只想与你说几句家乡话，算是换换口味。你且说说，为何会到这么远的岭南来？”

---

[1] 在荷文本中，此处还有一句“倘若有人如此殷勤，其后总是会有下文”。

游佛寺狄公遇女子

"一言难尽，老爷不会有兴致听的。"女子郁郁说道。

"此事由我说了算。先来喝杯茶水。"

女子连忙喝了一口，又吃下几块蜜饯，愤愤说道："我不但痴心傻意，且又晦气透顶。十年前，有个从江苏来的绸缎商，常去我爹摆的饭摊上吃面，我一时动心，便随他私奔了。头几年过得十分称心，我喜欢行走各地，他也待我甚好，谁承想到广州做生意时，我生下一个女儿。他一看不是儿子，自然十分气恼，将那婴孩溺死，过后迷上了一个本地姑娘，想要将我甩脱。不过，要在广州卖掉一个平平常常的北方女人，着实不易。大花艇上只收粤女，或是擅长歌舞的北方女子，于是他把我卖给了疍家，只换得一点钱。"

"疍家？那是什么人？"

女子将一整块蜜饯塞入口中，含糊说道："他们也叫做'水上人'，是完全不同的一族。粤人瞧不起疍家，说是在我们汉人来岭南之前，早有野人住在此地，至今已超过一千年，他们就是那野人的后代。疍家必须住在船上，船就泊在市舶使院附近的江中。他们在船上出生，嫁娶，直到咽气为止，不许到陆地上定居，也不许与汉人通婚。"

狄公点点头，想起确有一类贱民被称为疍家，朝廷还制定出特殊律法，用以严格约束他们的行动。

女子似已放下心来，说话的声调听去从容自若：“我不得不在他们的一条花艇上接客。那些下流坯说一口自己的怪话，像猴子一般吱吱喳喳，你真该听听才是！疍家女人常常炮制各种乱七八糟的毒药。他们把对汉人的怨恨都发泄在我身上，我只能吃些剩饭，根本没有衣服穿，身上只裹着一片脏污的缠腰布。我接的客大多是番邦水手，只因汉人开的妓院从不许他们进去。可想而知我以前过的是什么日子！”说罢哼了一声，又吃下一块蜜饯。

“疍家男人害怕本族的女人，因为其中有一半都是巫婆。但是他们对我，就像对待最下贱的奴隶一样。他们喝醉酒时，强迫我赤身裸体跳些下流的淫舞，足足有一两个时辰，每次我想要歇息一下，他们就拿一根木桨抽打我的脊背。那些女人总是冲我破口大骂，说所有的汉人女子都是贱货，而汉人男子更中意疍家女人。她们最爱夸耀的事，便是在八十年前，有个身份显赫的汉人悄悄娶了一个疍家女人，后来生下一子，成了有名的武将，还管皇帝叫做‘伯父’。竟会有这等事！过后我被转卖到城里一家妓院，着实松了一口气，虽然并非头等，但总归是汉人开的！我在那里接客，至今已有五年，不过实话对你说，倒也没甚好抱怨的！我享受过三年的快活日子，已经好过许多女人了！”

狄公当初上前搭讪时，心中便有打算，如今见这女子对自己已颇为信任，心想正是谈及正题的时候，于是说道：“你且听着，我有一件为难的事。几天前，我本该与一个北方来的朋友在此会面，不料在上游河中耽搁了几日，故此今日午后方抵。我不知他住在何处，不过，他既然提议在这寺内见面，想必离得不远。若是他尚未离城而去，定会在附近走动。你整日在此招徕客人，必会格外留意经过的男子，不定曾见过此人，看去三十左右年纪，身量颇高，相貌堂堂，气度尊贵，留着短短一撇髭须。”

“你只晚到了一天而已！昨晚那人来过这里，大约就是同一时辰，四处走来走去，似是在找什么人。”

“你可与他说过话？”

“真叫你猜着了！我对北方人一向十分留意。正如你方才所言，他生得相貌清俊，衣着却十分破烂。我也不顾这些，走到近前，他出一半价钱，我就答应，但是并不走运。他直朝庙里走去，并没多看我一眼，真是个自高自大的家伙！你却完全不同，待人这般和气！我一见便知……”

“今日你可再见过他？”

“没见过。正是因此，我才说过你来得太迟。不过你我仍有工夫！这就随我去房中如何？若是你喜欢蛩家舞，我还可以为你跳上几曲哩。”

“此时不必。无论如何，我想在寺内寻他一寻。且告诉我你的姓名住处，过后不定会前去探访，这些钱先付给你。”

女子欣然一笑，道出街名。狄公走到柜台前，向伙计借了一支笔，在一张纸片上写下几个字，随即掏钱付账，与女子道别后，直朝寺内走去。

狄公正要登上汉白玉石阶，却见陶干降阶相迎，颓然说道：“相公，我已四处看过，无一人像是柳大夫的模样。”

“他昨晚来过此处，分明是乔装改扮，正是密探当街撞见时的那副模样。我们一同进去看看！”狄公说到此处，却见一乘大轿停在石阶旁，六名衣着齐整的轿夫蹲在一边，不禁问道，“莫非有什么要人驾临？”

“回相公，正是梁甫先生。一个和尚告诉我说，他定期前来与住持对弈。我在廊道里遇上了他，本想悄悄溜走，不料他眼尖得很，立时便认出了我，还问可否效劳一二，我回答说只是观观风景。”

“明白了。且罢，我们须得更加小心谨慎。柳大夫显然来此秘密查访，我们不可打问过多，免得露了他的底。”狄公说罢，对陶干重述了一番那女子口中所言，又道，“我们就四处走走，试着自行寻到他。”

过不多久，二人便发觉此事颇不易办。寺内建有许多房舍与佛堂，其间还有纵横交错的过道回廊。大小僧人四处走动，另有不少乡民混在其中，对着高大的镀金佛像与墙上的精美壁画瞠目而视，并无一人像是柳大夫的模样。

二人参拜过硕大的观音像，又去查看后院的房舍，最后走到一间厅堂前。此处正在做法事，香案上堆着供品，六名和尚正坐在蒲团上诵经，门旁跪着一群衣冠楚楚的男女，显然是死者亲属。一名老僧立在后方观望，面露厌烦之色。

狄公决意上前打问一番，如今各处皆已看过，只剩下那花塔无法入内，皆因曾有人从塔顶跳下自尽，从此便封起门来。狄公走到老僧面前，描述了一番柳大夫的模样。

“施主，贫僧不但从未见过，并且敢说今晚并无这般样貌之人前来敝寺。法事开始之前，贫僧一直在山门附近，若有如此仪表不凡者，一定不会看漏，如今须得去主持法事，还请二位见谅。他们送来了一大笔银子。”老僧又匆忙说道，“其中一大部分，将会用于焚化死去的乞丐与既未加入行会、又无亲眷的孤身游民。敝寺主持若干善事，这只是其中的一桩。想起来了！昨天晚上，有人送来一具游民的尸首，看去倒像是施主的朋友！不过身上穿得破破烂烂，自然不会是他！”

狄公骇然望了陶干一眼，对老僧断然说道：“我乃是一名官员，约定会面的那人是一特使，很可能扮作乞丐模样。我想看看那尸首，立时便去。”

老僧大吃一惊，吞吐说道：“回老爷话，尸首停放在西厢的殓房内，定于午夜过后再焚化，自然不可在此吉日中行事。”说罢示意一个小沙弥过来，命道：“带这两位老爷去殓房。”

小沙弥引着二人，走到一所庭院内。此处狭小冷清，对面立着一座低矮阴暗的房舍，靠近寺庙的高大外墙。

小沙弥推开厚重的门扇，点亮窗台上的蜡烛。只见板桌上平躺着两具人形，从头到脚蒙有劣等尸布。小沙弥哼了一声，口中咕哝道：“好在今晚就要焚化！这么热的天气……”

狄公却是听而不闻，先看近处那一具，掀开尸布一端，赫然露出一张人脸，面目肿胀，蓄着一副络腮胡。狄公连忙重又盖起，再看另一个，不禁僵立在地。陶干从小沙弥手中抓过蜡烛，奔到桌前，烛光下现出一张白皙而安详的面容，顶髻已然松散，几绺湿发贴在高高的前额上，虽已亡故，仍是一副高傲平静的神情。

狄公猛一转身，对小沙弥喝道："立刻叫住持和首座来！把这个送去！"说罢从衣袖中摸出一张大红名帖，上面写有全名与官阶。

小沙弥目瞪口呆，接过后匆匆退下。

狄公俯下身去，细细查看过死者的头颅，站直说道："陶干，我没找到任何伤痕，甚至连青紫之处也没有。我来举着蜡烛！你且看看这尸身。"

陶干扯开尸布，脱去死者身上的衣物，除了一件破烂外褂与一条打有补丁的裤子外，再无其他。陶干细细看过全身，此人肌肤平滑，肢体健壮。狄公高高举起蜡烛，从旁默然注视。陶干又将尸体翻转过去，查看了一番后背，摇头说道："既无暴力痕迹，也无色斑与擦伤。我再瞧瞧他的衣物。"

陶干先将尸身重又裹好，随后摸索两条衣袖，不禁失声叫道："这是什么？"说罢从袖中摸出一个银丝小笼，大约一寸见方，一侧已被压扁，小小的笼门敞开。

狄公哑声说道："这正是柳大夫用来放蛐蛐的笼子。再无别的东西？"

陶干复又看过，低声说道："没了！"

这时外面响起人声。一僧推开门扇，恭敬地让过一旁，另有一僧走入，身形十分壮硕，穿一件郁金色僧袍，肩披一条绛紫绶带，上前躬身施礼，烛光照在圆圆一颗光头上，正是花塔寺住持。首座从旁跪下。

狄公见门外有一群和尚探头探脑，想要朝内窥视，便对住持喝道："本官明明说过让你与首座前来！命其他人统统走开！"

住持吓得魂不附体，张口欲言，却是语不成声。首座转身喝命众僧散去。

"关上房门！"狄公命罢，又对住持说道，"你且定一定神！"抬手一指尸体，问道："这人是怎么死的？"

住持回过神来，颤声答道："我等……我等完全不知死因，老爷！这些可怜人被送来时皆已断气，我等将其焚化，也是出于善心……"

"你总该懂得律法，若是不曾送到县衙查验并开具尸格，任何尸体皆不许焚化，无论收钱与否。"

住持哭诉道："老爷明鉴，这可是县衙送来的！昨天晚上，两名衙役用担架抬来，还说此人是个游民，身份不明。贫僧亲自署名签收过！"

"那就另当别论了！你二人这就下去，且留在各自住处，等到晚些时候，本官可能还要找你们问话。"

二僧起身离去后，狄公对陶干说道："我必须查明衙役是如何发现这尸首，又是在何处发现的，还想看看仵作写的尸格。奇怪的是衙役们竟将这银笼留在袖中，此物可是一件值钱的古董。陶干，你立刻去县衙问过鲍刺史与仵作，还有发现尸体之人，命他们将尸首送到翁节度府内去，只说此人是从京城来的密探，奉我之命被送至此处。我再四下看看，随后便回府去。”

八

乔泰坐着肩舆，回到节度使府的角门前，已是子初时分。他事先命轿夫绕路而行，想要吹吹夜风，使得头脑清醒，结果却无济于事。

只见狄公独自一人坐在书案旁，两手支颐，正细细端详面前的大幅广州全图。乔泰上前请安后，狄公疲惫地说道："坐下！我们找到了柳大夫，不过他已被害身亡。"

狄公讲述了一番陶干如何与盲女相识交谈，又如何从金钟一路追踪到花塔寺，直至寻出柳道明的尸身，过后不容乔泰发问，接着叙道："尸体送入府内后，我已命翁节度的大夫仔细查验过，发现乃是中毒致死，用的是一种发作缓慢的毒药，在汉人医书中并无记载。唯一知道如何调制此药的，便是住在水边船上的疍家人。若是投毒的量大，对方立时便会身亡；若是量少，则只觉得疲乏倦怠，但过上一半个月后便会丧命。唯有查看死者的喉头，才能发现其中缘故。不久以前，那大夫碰巧给疍家人诊治过此病，若非如此，也绝无可能查出这毒药来，死因就会被定为心病猝发。”

“原来如此，难怪县衙仵作未曾验出!”

狄公疲惫说道:“仵作根本没见过尸体。半个时辰前，陶干与鲍刺史回到府内。他二人已问过县衙中所有人员，却没一人知道昨晚送去花塔寺的无名尸体。”

“我的天！那两名衙役定是假扮的!”

“不错。我立即召来花塔寺住持问话，他却说不出那两个自称衙役之人究竟是何模样，只是平常样貌，身穿制衣与皮褂，戴着黑漆头盔，看去十分齐整妥帖。我们也无法苛责那住持不曾细细打量二人。”狄公说罢长叹一声，接着又道，“柳大夫昨晚被害之前，有人在花塔寺内看见过他，再加上那只蛐蛐，足证此案确实发生在寺庙附近某处。既然衙役的衣物必须事先预备好，可见凶手定是早有预谋。柳大夫的身上并无任何暴力痕迹，面容也十分平静，可知他定是被熟识的一人或几人诱至陷阱中。以上种种，我们必须着手勘查。”

“那盲姑娘一定知道更多实情！相公方才说过，她对陶干道是捉住蛐蛐之前，曾蹲伏在墙边好一阵子，因此可能听到过什么。盲人的耳朵总是极灵。”

“我有几个十分要紧的问题，想要问那姑娘。我已仔细查看过殓房背后的院墙，不久前刚刚修葺过，砖石之间连一道裂缝也没有。我很想见那姑娘一面！我派陶干去她的住处，再带她前来。陶干已出门颇久，如今随时都可能转回。你去大食人家中赴宴，情形如何？”

“回相公，吃喝都还不赖，不过我得说并不喜欢曼苏尔。那厮傲气得要命，对我们也不甚友善。吃过几杯后，他稍稍松口多说了几句，我依照相公的吩咐，问他本地的大食人住在何处。”乔泰说着站起身来，弯腰细看案上的全图，又伸手一指，“这就是怀圣寺，曼苏尔与大多数大食人都住在这附近。我挑的客店也在旁边。出了小北门，另有一片聚居之处，地盘小些，就在他们的先贤墓周围。这些大食人在广州定居已颇有些年头，水手们暂居一时，等待季风，都住在水边的几家客栈内。”说罢重又坐回椅中。

狄公怒道：“这些事全都令我不快！若是如此情形，我们如何能盯紧那些番人！我会与翁节度议论此事。所有大食人、波斯人等必须住在同一坊内，四周筑起高墙，只开一扇坊门，天黑关闭，天明开启，再指派一名大食人做番长，主管坊内一应事务，并对我等负责，从而将他们管束起来，使其在遵循本族的陋俗时，不至于妨害到城内的汉人。”

这时大厅另一头的门扇开启，陶干径直走入，坐在书案前的另一张椅中。狄公抬眼一瞥，见他面带忧色，便开口问道：“你没带那盲姑娘同来？”

陶干拭去额头的汗水，出声说道：“回相公，天知道出了何事！那姑娘踪影全无！蛐蛐也全都不见了！”

狄公沉着说道：“陶干，你先喝杯热茶，然后再细述来龙去脉。先说你当初是如何遇到她的？”

乔泰斟满一杯茶水，陶干举杯喝了几口，答道：“回相公，我走入集市附近的一条幽巷时，正撞见两个无赖对她施暴。我吓跑了那二人，才发现她双目失明，于是送她回家。她在集市另一头租了一间房。我上楼进到房中，喝了一杯茶，听她讲述如何捉到金钟。她独自一人住在那里。方才我再去时，却见原本挂在长竿上的十几只蛐蛐笼子全没了，连同装着好斗蛐蛐的几只罐子和茶篮也一并消失不见。有一架屏风将室内隔开，我转到后方一看，只见一张光秃秃的床榻——连被褥都没有！”说罢又呷了一口茶水，接着叙道，“我问过住在同一层楼中的小贩，他曾在楼梯上遇见过那姑娘几回，但从未说过一句话。我又去了集市中，让管事拿登记簿册来，里面载有几个专门卖蛐蛐的租户，却无一人名叫兰莉。那管事还说有人可以摆个临时的小摊，不必缴纳租金。我与一个常年卖蛐蛐的小贩搭话，那人道是听说过有个盲姑娘也操此营生，不过从未见过其人。就是这些!”

“又是一个圈套!”乔泰喃喃说道,“陶大哥,你被那姑娘骗了!”

陶干怒道:“岂有此理!那歹人施暴绝无可能是为我预先安排下的。即使有人一路跟踪,他又怎会知道我偏偏要拣那条巷子走?我只是偶然经过,有许多岔道可以拐去别处哩!”

狄公说道:“据我想来,你送那姑娘回家时被人瞧见。你二人走在一处,定是十分惹眼。”

“正是如此!”陶干大声说道,“我们在房内说话时,我听见楼梯上有嘎吱嘎吱的响声!定是有人在偷听,听到她说在花塔寺捉住金钟,于是打定主意要下手劫人!”

“如果她并非自行失踪,情形应是如此。”狄公淡淡说道,“她口中所述的如何捉住金钟,我根本不信,此事定是发生在柳大夫被害时。不过,她对你透露花塔寺的线索,似又证明不与谋害柳大夫的那伙人为伍,就像企图暗害乔泰的刺客又被人勒死一样。无论如何,我们眼前的情势十分棘手!有人显然对我们的举动了如指掌,但对方究竟是何人,又有何目的,我们却一无所知!”说罢恼怒地揪一揪长髯,语调稍稍平稳,“有个烟花女子在花塔寺内见过柳大夫,听她道是疍家人的船就停在市舶使院附近,这便是说与归德门内的番坊相去不远。因此，柳大夫出入番坊，可能并非与大食人有什么瓜葛，而是与疍家的水上妓院有关。那两个抬尸前去花塔寺的假衙役则是汉人。凡此种种，提醒我们不可只盯着大食人。”

“相公，不过苏学士正是被一大食凶手所杀。”乔泰说道。

“我听说疍家妓女的主顾多是大食人，故此那凶手也可能是疍家妓院雇来的。我想对这古怪的一族知之更详。”

乔泰急急说道：“曼苏尔的晚宴上，有一个大食女子出来跳舞，也是疍家后裔。她似是住在一条花艇上。明日我可去拜访一回，多打听些有关水上人的消息。”

狄公目光犀利地瞥了乔泰一眼，不动声色地说道：“就这么办。去见一个舞姬，似是比与那船主攀谈更有胜算。”

“明日一早，若是相公没有其他差使派我去办，我仍会去拜访倪船主。我看曼苏尔十分痛恨他，因此很想听听他会如何议论曼苏尔！”

“好。跑完这两处地方，你就前来回禀。陶干，你用过早饭便立即过来，我们须得起草一份有关柳大夫遇害的呈文，再派特使送去京城。他的死讯必须尽快上报朝廷。我会提议先秘而不宣几日，免得影响到朝内各派势力，并嬴得一点时间查明幕后隐情。”

陶干问道：“翁节度听说城内又出了一桩人命案，不知有何评议？”

“我并不知晓。”狄公说着淡淡一笑，“我对翁节度的大夫道是死者乃是我一名手下，与一疍家女人生出纠葛。我已命人将尸体立即收厝入棺，连同苏学士的尸身一起尽快运回京城。明日一早，我见到翁节度时，会将验尸后对那大夫说过的话重述一遍。我们也要留神那大夫，此人十分精明！竟说死者看去有些眼熟，幸好他只见过柳大夫一面，况且还是一个半月之前柳大夫初来广州时一身官服的模样。陶干，你我写完呈文后，再一同去拜访梁甫。他定期去花塔寺与住持下棋，我们可以打听出更多有关那寺院的情形。我还想问他大食人可否会在此地闹事。相对于全城人而言，他们为数甚少，不过乔泰方才说过大食人占据了几处要地，因此轻易便可发起一场骚乱。骚乱本身并不要紧，但若是用来掩盖发生在此地或别处的其他暴行，未免十分危险。至于姚泰开，亦是精通大食事务，我们能否相信此人？”

乔泰皱一皱眉，徐徐答道：“回相公，姚泰开貌似性情开朗，却有几分造作。我看他并非良善之辈，但是要说杀人害命，或是图谋不轨……不，我想他做不出这等事来。”

“明白了。还有那个谜一般的盲女，必得尽快追查，并且不可让当地官府听到风声。陶干，明早你一路过来时，先去一趟县衙，给衙役班头一锭银子，叫他的手下去寻那姑娘，全当是私下帮忙。你就说那姑娘是你的侄女，行为不端，有了消息便直接告诉你。如此一来，我们就不会害她陷入危境。”狄公说罢，起身整整衣袍，“且去好好睡上一觉！你二人既然都被盯了梢，奉劝你们回去后，将房门上锁加闩。陶干，你与班头见过后，再去见鲍刺史，并将这张字条给他。我亲笔写下的名字和住址，正是在花塔寺遇见的那个烟花女子。让鲍刺史召她与妓院老鸨前来，当场替她赎身，一旦军中遣兵北上，就顺路送她回北方家乡去。记着给那女子半锭金元宝，使得她回乡后可以嫁个丈夫。所有花销全都记在我的账上。那可怜人告诉了我极有用的消息，理应得到奖赏。这就去吧！”

九

次日一早，天光未明，乔泰便已醒来，点亮客店送的一支蜡烛，匆匆洗漱过后，穿起中衣，正要兜头套上沉重的锁子甲时，停手犹疑片刻，到底扔在座椅上，换了一副铁制马甲，口中喃喃念道:“穿上此物，方可保后背无虞!”说罢又罩上一件褐袍，将黑绦系在腰间，戴上黑帽，顺阶下楼。客店掌柜兀自打着哈欠，乔泰嘱咐说若是有一乘小轿前来相迎，就告诉轿夫等自己回来，随后出门而去。

曙色熹微中，街中小贩正用力扇着手提火炉。乔泰买了四块热腾腾的油糕，入口一嚼，颇觉满意，边吃边朝归德门走去，行至码头时，只见天边射出万道霞光，映红了沿岸的船桅。曼苏尔的大船已不见踪影。

一群卖菜的小贩从乔泰身边擦过，人人都用扁担挑着两大筐菜蔬。乔泰叫住最末一人，连说带比画商议半日，花了七十文钱，将两筐菜连同扁担统统买下。交易过后，那人快步离去，口中哼着一支广东小曲，心想不但敲了这北方佬一笔，且又省了走长路去船上卖菜的辛苦，好不舒心快意。

乔泰挑着扁担，踏上码头边第一条船的船尾，依次走下去，直到第三条船上。河上雾气迷蒙，使得船只之间的狭窄踏板十分湿滑，而且船民们显然将此处当作洗鱼的好地方，下脚时须得格外当心，又有许多衣衫不整的妇人正往河里倾倒马桶，臭气熏天。乔泰不禁暗骂一声，遇见厨子招呼问价，也是全不理会，只想先找到祖母绿，然后再仔细瞧瞧这些水上人。一想到祖母绿，只觉喉头处莫名一紧。

清晨颇为凉爽，两筐菜也不甚沉重，奈何乔泰不惯于挑担行走，过不多久便大汗淋漓，停在一条小船的船头，朝四下打量。身在此处，已看不见城墙，只因周围全是桅杆，还有晾晒渔网湿衣的木桩。男男女女在船上逡巡走动，看去似是非我族类。男子腿短臂长，跑跳时尤显敏捷，面色黝黑，颧骨高耸，鼻梁扁平，鼻孔张得很开。有些年轻女子虽生得粗眉大眼，倒也颇为俊俏，圆圆的面庞上双目灵动，蹲坐在各家船边，正手持木棒槌敲打湿衣，彼此叽叽喳喳说个不停，发语时喉音甚重，确实闻所未闻。

乔泰见众人似是有意不朝这边看，但仍觉得一直被偷偷打量，心中颇不自在，暗暗嘀咕道：“定是由于极少有汉人来此！我一转过身去，那些难看的矮子就盯着我瞧！”见前方终于露出窄窄一线河面，不禁十分欢喜。一座竹桥通向一长排汉家大船，色彩艳丽，头尾相连，第一排旁边并列着第二、三排，彼此之间架有带扶栏的宽阔跳板。第四排位于最后，靠近河中央。乔泰登上最近一只大船的船尾，眼前赫然出现珠江，越过广阔的水面，只能远远望见对岸的一排桅杆，又转头一数，发觉自己正在第四排的第三条船上。那第一条像战船一般硕大，高高的桅杆上挂着丝绸旗幡，舱房檐下悬有一溜彩灯，在晨风中微微摇摆。乔泰挑着担子，小心穿过旁边那条船侧面的狭窄甲板，登上了头一条大船。

三个睡眼惺忪的伙计正在舱门附近转悠，见有人过来，也是浑不在意，只抬眼一瞥，便接着自顾闲话。乔泰从旁经过，走入前方幽暗的过道中，两边皆是破旧门扇，弥漫着一股难闻的炸油气味。乔泰见四下无人，连忙放下担子，朝后甲板走去。

一个女子盘腿坐在木头长凳上修剪脚指甲，相貌平庸，只穿了一条脏污的裙子，漠然打量乔泰一眼，甚至懒得朝下拽一拽裙幅。这种种情形，实在令人气闷不已，乔泰走到大船当中时，忽又来了精神。甲板对面是高高的朱漆双扇门，一个肥胖男子立在栏杆旁，身着贵重的织锦睡袍，正在大声漱口。一个年轻女子从旁侍立，穿一件皱巴巴的白裙，手捧茶碗，面色阴郁。男子忽然一阵作呕，口中吐出秽物来，一半落在栏杆上，一半溅在女子的衣裙上。

乔泰从旁走过时，对那女子说道："打起精神来，妙人儿！想想昨晚的酒席过后，你能拿到一大笔赏钱哩！"

女子怒应几句，乔泰也不理会，只管朝前走去。过道内十分幽暗，曲梁下悬着几盏白纱灯照亮。乔泰细看朱漆门扇上的人名，写着"春梦"、"柳枝"、"玉花"等等，全是歌伎舞姬，却不见有"祖母绿"。最末一扇门上并未写字，只饰有小巧的花鸟画。乔泰试拧一下把手，发觉并未上锁，于是推开门扇，闪身走入。

屋内颇为昏暗，比平常舱房要大过许多，陈设十分华丽，弥漫着一股浓重的麝香气味。

"你既已找到此处，何不走近些？"只听祖母绿说道。

乔泰的两眼总算适应了暗处，这才看清后方有一张高大床架，半掩着大红幔帐。祖母绿斜倚在锦面绣枕上，全身一丝不挂，未施脂粉，只挂着一条金丝蓝珠项链。

乔泰定睛望去，见祖母绿美艳绝伦、勾魂摄魄，一时心神缭乱，竟至茫然无语，终于开口说道："那颗绿宝石在哪里？"

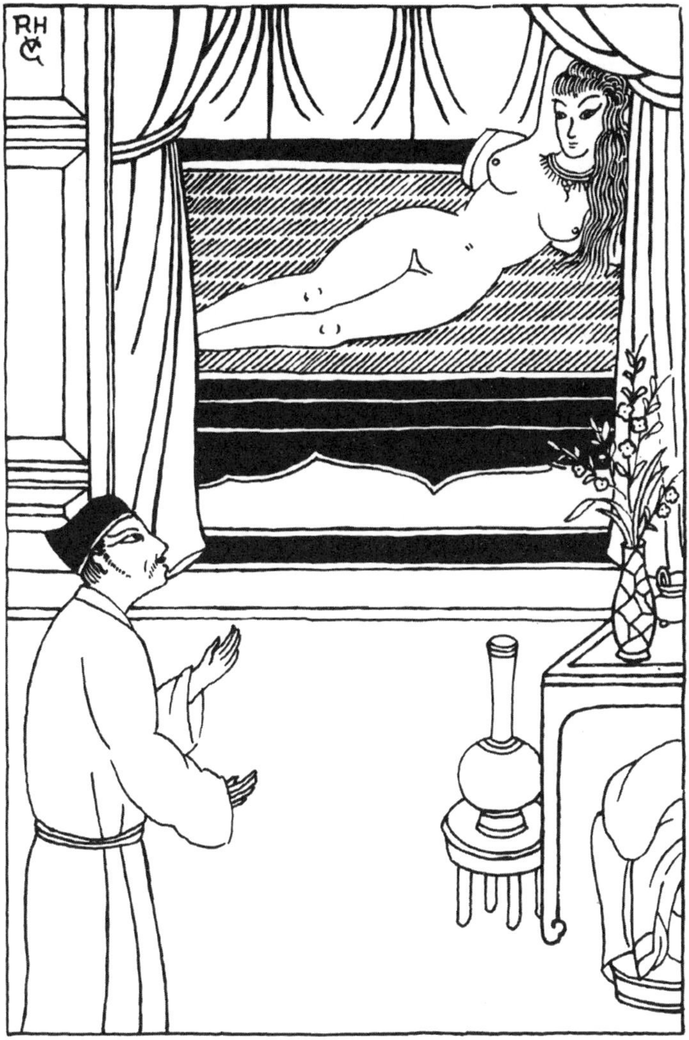

乔泰寻访大食舞姬

“你这傻瓜，只有跳舞时才会用到哩！我刚刚洗浴过，看你浑身是汗，最好也去洗一回，就在那边的蓝帐后面！”

乔泰绕过摆在一块厚密绒毯上的桌椅。蓝帐后方有一间浴房，地方虽小，却十分雅致，饰有纹理精美的原木。乔泰迅速脱去衣物，蹲在热水盆边，拿一只小木桶盛了水浇在身上，再用自家衣袍的内面揩干全身，又见梳妆台上摆着一只盒子，里面装有甘草根，于是拈起一枝，将末端咬出印痕来，再仔细刷过牙齿，然后将衣袍与铁甲挂在竹架上，只穿着阔腿裤走回房中，露出筋肉结实、带有伤疤的上身，提起一张椅子挪至床头，生硬地说道：“你瞧，昨晚你邀我，我就来了。”

“你自然不会耽搁！”祖母绿冷冷说道，[1]“不管怎样，你挑了一大早来，倒还聪明，只有此时我才可接客。”

“这是为何？”

“因为我并非平常的舞姬。无论曼苏尔那下流坯说什么难听话，我都不是花钱就能买到的。我有一个老主顾，此人很有钱，你一看这房内便知。”祖母绿说着抬起玉臂，

---

[1] 在荷文本中，此处有如下几句：
“你如何找到这里？坐船来的？”
“不，我徒步行走，穿过所有那些该死的船，足足有一百条。”
“市舶使院的偏西方向有个码头，你可以从那里租船过来。”

朝四下漫漫一指，“谁要是想横刀夺爱，他可不会客气。”

乔泰怒道：“我来此地是有公事在身，谁说我要横刀夺爱？”

“我说的。”祖母绿将两手枕在脑后，伸伸懒腰，打个哈欠，两眼冲乔泰一瞥，不客气地说道，“你还等什么？莫非你也和那些无趣之人一样，先要查过皇历，看是不是吉日良时才肯放心？”

乔泰起身离座，搂住祖母绿柔软的身躯。以往几十年里，也曾有过各种艳遇，经历过各种欢愉，然而此时此刻，却是生平头一次体会到一种与众不同的终极情爱。祖母绿不但满足了自己心底说不清道不明的欲求，还勾起了某些以前从未觉察、如今却恍悟竟是一生根基的东西。没有这个女人，自己就不能活——乔泰甚至对这一念头也毫不吃惊。

一时云散雨收，二人一同迅速洗浴过，祖母绿套上一件蓝纱薄裙，又帮乔泰穿起衣物，仰头打量着铁甲，终是未发一语。转回房内后，她示意乔泰坐在小巧的紫檀木雕花茶几旁，开口说道：“如今既已完事，你最好再讲些自己的来历。时间并没多少，丫鬟就快来了，她是我那主顾花钱买的眼线之一。”

“我更想听听你的来历！我对你们大食人一无所知，

你是不是……”

“大食人与我并非同族，我父亲虽是大食人，但我母亲是个下等的疍家妓女。你听了可会吃惊?”

“我才不会！在妓院里接客，不过是一种糊口的营生而已，并且我哪会在意族类或肤色？所有人迟早都会变成我大唐人，无论他们生来是棕是蓝还是黑！若是男人会打架，女人会上床，在我看来都是好样的!”

“这话至少有些道理！我父亲是个大食水手，后来扔下我们母女，自己回家乡去了。”祖母绿说罢，为乔泰倒了一杯茶，接着叙道，“十五岁时，我入了这行，看上去将来会走红，于是母亲才能将我卖到一条大花艇上。我不但要接客，空闲时还得伺候汉人歌伎。那些狠毒的淫妇，最爱变着花样折磨我!”

乔泰厉声说道:“她们并没待你太坏。瞧你这一身好皮肉，不见一道伤疤!”

“鞭抽棒打未免太简单粗糙了。”祖母绿愤愤说道，“院主看出我以后能挣大钱，不许她们在我身上留下印子，于是这些淫妇就把我的头发系在房梁上，整个人吊在半空中，用烧热的针扎我，这只是晚上无聊时的消遣。等她们当真觉得无聊时，会把一只大蜈蚣放进我的裤管里，再把裤腿扎紧。被蜈蚣咬了也不会留下疤痕，不过你得一直担心它会咬在哪里！这些我全都受够了。”说罢耸一耸肩头，“你不必在意，如今已经全都过去，不会再来。我自己寻到一个主顾，他不但为我赎身，还租了这好地方给我住。我只需在宴席上跳舞，至于挣来的钱，他也全让我自己收着。曼苏尔说过要带我回大食去，还让我做他的大老婆，但我既不喜欢他，也不喜欢我那好父亲的家乡。我听说过大食国是何情形，让我在蒸笼一般的沙漠里，住着帐篷与骆驼毛驴做伴？这好意我心领了！”

“你对那主顾十分有情？”

“对他？当然没有！不过他很有钱，出手也很大方，虽然也足够心狠手辣。”祖母绿略停片刻，若有所思地摸摸耳垂，“我只中意过一个人，他也十分爱我，但我做了蠢事，把事情全弄糟了。”说罢一双美目郁郁地望向乔泰身后。

乔泰伸手搂住祖母绿的纤腰，试探说道：“方才你待我十分温存！”

祖母绿推开乔泰，不耐烦地说道：“别来烦我！你已经得偿所愿，难道不是？我在适宜的时候呻吟喘息，还像鳗鱼一样扭动全身。你已得到了一切，连同所有的细枝末节，所以别指望我会再说些动听的情话！你根本不是我中意的那一类人，我喜欢风流俊雅的士绅公子，而不是你这样的粗糙大汉！”

乔泰迟疑说道：“我看去虽是粗糙大汉，但是……”

“你且省省吧！我早已学会对男人照单全收，为何还要关心他们自以为是何等样人？若是你想要喋喋不休说些自己的事，最好去雇个奶妈。你我不妨打开天窗说亮话，我之所以与你亲近，是因为你正好是个禁军统领，据曼苏尔说，还是当朝大理寺卿的左膀右臂，你定能设法让我得到汉人户籍。你理应知道，依照律法，我是个贱民，疍家女人不许嫁给汉人，甚至不许在汉人的地面上居住！”

“正是因此，你的主顾才将你安置在这船上！”

“你果然心思敏捷！”祖母绿嘲笑道，“他自然不能让我住在岸上的房子里。他虽然家财万贯，却不是官府中人。然而你从京城中来，主公又身居高位。你带我去京城，替我弄到汉籍，再举荐我认识一些真正的大人物，下剩的事就交给我了。”说罢半闭起两眼，缓缓一笑，“做个真正的汉人贵妇，穿着绫罗绸缎，有自己的汉人丫鬟，还有自家花园……”忽然音调一变，几乎不似人声，“到那时候，作为奖赏，我定会尽力服侍你，经过方才床上的几个回合，你自会明白我很在行。你可愿意成交？”

听罢这一番冷酷又率直的言语，乔泰心中刺痛不已，但仍然镇定说道：“一言为定！”心中却暗自决意以后定会让她对自己动真情，而且必须如此。

“好。为了商定细处，你我还需抓紧再见一面。我的主顾有一所小房子，就在城西光孝寺的南边，他要是忙得没工夫来这船上，就会在那里与我消磨一下午。一旦风平浪静，我会立即给你捎信。你不能接近我那主顾，此时还不行。他不会对我放手，且又抓住了我一个要命的把柄，若是想要毁了我，大可办到。不过，等你带我偷偷到了京城，我自会告诉你他是何人，然后你可让他拿回以前为我花的钱——万一你良心发现、颇觉不安的话!”

“你没做过犯王法的事吧?”乔泰忧心问道。

“我曾犯下一桩大错。”祖母绿说罢起身，用薄裙紧裹住撩人的玉体，“如今你非走不可，不然可能会惹出麻烦来。我在哪里能找到你?”

乔泰道出自己住在五仙居，亲吻一下祖母绿，出门而去。

乔泰站在甲板上，见第三排最大一只花艇的船尾距此不远，便纵身跃过，又走了长长一段路，方才转回码头。

乔泰从归德门入城，一路行至五仙居，见门前果然停着一乘小轿，问那轿夫可是由倪船主派来。几人立时站起，齐声答道正是。乔泰坐入轿中，只觉被人抬起并迅速离去。

十

狄公一夜未曾安寝，辗转反侧许久之后，略略打了个盹便又醒来，只觉脑中钝痛。此时离天亮还有半个时辰，狄公心知再也无法入睡，便起身下床，穿着睡袍立在拱窗前，朝外眺望，只见远处的房舍屋顶映在铅灰色的天幕中，又深吸了几口清新的晨气，心想不妨在早饭前出去走走，必会有些好处。

狄公穿起一件灰布袍，戴上便帽，顺阶下楼。管家正在前厅内发号施令，向六七个睡眼惺忪的用人吩咐今日都有何差事。狄公命他领路前去园林。

二人穿过几条廊道，由于夜间照亮的灯火刚刚熄灭，因此颇显昏暗。庭院后方有一座宽阔的汉白玉平台，横贯正房背后，平台下方便是花园，景致幽美，砖石铺成的小径在花树之间蜿蜒伸展。

“你无须等候，本官自会循路回去。”狄公对管家说罢，走下沾满露水的台阶，直朝莲池方向而去。

水面波平如镜，透过薄薄的晨雾，狄公看见对岸有一座小亭，便决意过去，绕着池塘缓缓踱步，只见池中的莲花刚刚绽放，有粉有红，十分悦目。

狄公走近亭阁时，透过窗口，看见一个男子的高大背影，正低头伏在桌上。从那一副圆圆的肩膀，狄公认出正是翁健，于是走上台阶，见他正凝神打量着面前的一只碧绿瓷罐，听到狄公的脚步声，头也不抬地说道："你到底来了！看这个大家伙！"

"翁节度起得早。"狄公说道。

翁健吃惊地抬头打量，看清来人是狄公，连忙起身离座，吞吐说道："还请相公见谅！下官……下官实在不知……"

"此刻讲究礼节，未免为时过早！本官昨晚睡得很不安稳，便早起出来走走。"狄公疲倦地说罢，坐在另一张椅子上，又道，"你请坐下！那罐子里装着何物？"

"是下官最善战的一只蛐蛐，相公！瞧这腿脚何其壮健！看去可还漂亮？"

狄公倾身朝前，心想这硕大的蛐蛐活像一只吓人的黑蜘蛛，口中仍赞道："果然出色！"说罢朝后靠坐在椅背上，又道："不过，须得说我是个外行。一个多月前，御史大夫柳道明曾来过此地，他对此道极是热衷！"

"下官曾有幸给他看过私人藏品，"翁健得意地说罢，随即面色一沉，怯怯望了狄公一眼，又道，“相公想也知晓，柳大夫后来又折回广州，且是匿名微服。下官向京师禀报此事后，朝廷命我与他联系，我派了手下去四处搜寻，但是过不多久，朝廷忽又收回成命。”说到此处犹疑片刻，忧心地揪一揪髭须：“下官绝非胆大妄为之人，自然不会插手朝廷要务，不过，广州毕竟归我统管，想来稍稍解释一下……”话只说了一半，两眼望向狄公，似有所待。

“正是！实情确是如此！本官离京之前，曾去朝中议事，而柳大夫并未现身。既然朝廷命你不再追查，想必柳大夫已折回京城，重又回任上去了。”狄公说罢，靠坐在椅背上，抬手缓捋长髯。

翁健取出一只竹编的圆盖，小心翼翼扣在绿瓷罐上，惨然一笑：“下官听府内大夫说，相公昨天又发现了一桩杀人案，死者竟是相公的一名手下！但愿那鲍刺史不至于年老力衰、难任其职。广州城地方甚大，且又……”

“翁节度多虑了。”狄公和蔼说道，“这两桩案子的根源都在京城，我那手下一时糊涂，犯了大错。倒是我应该致歉才对！”

“相公真是体贴入微。关于本地的番商贸易，相公查得可还顺利？”

“还好。不过此事颇为复杂。据我想来，你我须得制订出一套更好的法子，以便将各路蕃人全都管束起来。到了适当的时候，我会拟好一份提案并给你看过，关于如何限定蕃人分别住在几个特别的里坊中。我刚刚开始调查大食人的状况，过后再转向其他族类，比如波斯人，还有……”

“大可不必如此!”翁健忽然插言进来，随即咬紧双唇，又迅速说道，“相公明鉴，下官的意思是那些波斯人……嗯嗯，人数尚不过百，且又个个性情和善、知书达理。”

狄公见翁健面上失色，心想也许是日光明暗不定所致，便缓缓说道：“本官仍想了解全貌。”

“还请允许下官助相公一臂之力!”翁健急急说道，“啊，鲍刺史来了!”

鲍宽在阶前躬身施礼，走入亭阁后再度揖拜，腰身弯得更低，对翁健忧心说道：“着实对不住老爷！那女人真是岂有此理！竟然不曾露面！实在想不出她为何……”

翁健冷冷插言道：“我也实在想不出，你为何尚未确认某些人是否可靠，就贸然举荐给我。且罢，我与相公正忙着，你……”

“老爷在上，下官一片愧疚之情，实在无以言表。”鲍宽颇为不快，急于替自己开脱，“既然得知老爷喜好蛐蛐，况且贱内又说那女人对此十分精通……”

翁健正欲命鲍宽退下，狄公却抢先说道：“本官倒不知还有女人也喜好蛐蛐。想来她是卖蛐蛐的?”

鲍宽见狄公插话进来，心中暗自感激，“回相公，正是。听贱内道是那女子鉴别蛐蛐时眼力极佳。说到‘眼力’二字，其实大不妥当，因为她已双目失明。”又转而对翁健说道，“昨天下官禀报过老爷，贱内命她天一亮就来府中，赶在老爷早上正式会客之前，尽量少占用些宝贵时间，并且……”

狄公插言说道：“鲍刺史，本官想知道她住在何处。回京城时顺便带上几只蛐蛐，作为来此一游的纪念，倒也颇佳。”

鲍宽闻听此言，看去愈发沮丧，吞吐说道：“下官……下官也曾问过贱内此事，奈何那蠢婆娘竟说不知道……贱内只在集市中见过那女子一次，看她对蛐蛐十分热衷，着实罕见，于是……”

狄公眼看翁健涨红了脸面，即刻便会狠狠斥骂鲍宽一顿，连忙打个圆场，“这并无关紧要。本官这就回自己房中去了。”说罢起身离座，见翁健也已站起，又迅速说道，“不不，无须烦劳！鲍刺史自会替我引路。”说罢顺阶而下，走入花园，鲍宽狼狈地跟在后面。

二人走近平台时，狄公微微笑道：“翁节度脾气暴躁，鲍刺史不必在意！如今时辰过早，本官自己也绝难心平气和哩！”见鲍宽报以感激的一笑，又道：“翁节度似是为官十分勤勉。据我想来，为了亲查各处情形，他常会在城中微服私访吧。”

“回相公，从无此事！翁节度心高气傲，如此行事，会觉得有失身份哩！相公明鉴，他这人极难讨好。我比他年岁大过许多，且又阅历甚深，因此在此地任职，并非十分……嗯嗯，令人快意。下官到此赴任已有五年，之前在家乡山东当县令，由于政绩不俗，故此升为广州刺史。我不但特意学会了广东话，对当地事务也是了如指掌，这些绝非虚言。翁节度在裁断定夺之前，理应与我商议一番。但是他循规蹈矩、行事严苛……”

狄公冷冷说道：“对于官员来说，背后批评自己的上司，未免颇不得体。若是你有怨言，大可通过适宜的渠道，向朝廷吏部进言。本官打算这便去拜访梁甫先生，再与他深谈一二，想让你陪我同去。早饭后一个时辰左右，你且预备好了等我。”

鲍宽引着狄公默默走回前厅，随后施礼告退。

在一人独享的饭厅内，管家伺候狄公用过简单的早膳，又喝过一杯茶水。狄公只觉头痛总算消去，却仍是难以集中精力，两眼漫视着被霞光映红的窗纸，心中寻思那盲姑

狄公陶干相与议事

娘。莫非翁健果真从未见过她？[1]

狄公叹息一声，放下茶杯，起身走入卧房，换过官服，又戴上乌纱高帽，出门走入大厅，在书案后坐定，却见案上有一只大号官用信封。狄公撕开封口，看过短笺，又从抽斗中取出长长一卷白纸，提笔蘸墨书写起来。

一时陶干走入请安，狄公仍未停笔。陶干坐下说道：“启禀相公，我刚刚去过县衙，见鲍刺史还未到，便对衙役班头详述了一番。那厮十分精明，我得说过于精明了。”说到此处，语带讥讽，“我先是命他将那烟花女子赎出，又吩咐他去秘密查访盲姑娘的下落。他朝我会意地斜眼一瞥，过后再说话时，就换成了一副太过随便的口气！”

狄公赞道：“干得好！那厮既然以为你只是个平常的好色之徒，就不会对鲍宽透露。有一事十分要紧，即不可让鲍宽或翁健得知我们对那盲姑娘颇有兴趣。”随后对陶干讲述了一番在亭阁中的言谈，又道，“我觉得翁健曾见过那盲姑娘，但是不想让鲍宽知道。至于盲姑娘为何爽约，我们只能猜测一二。她不可能遭人劫持，如果那样的话，就不会带走蛐蛐与其他东西。我宁可认为她是自行消失。但愿衙役班头正如你想得那般精明，将会找到她的下

---

[1] 在荷文本中，此处还有“翁健曾以为是她走入亭阁，说话时显得格外和气”。

落。我们必须与她面谈一番。我正在写一份预备送交朝廷的呈文，即刻便会煞尾，我们再一同从头查看一回。”

狄公接着振笔疾书，字迹清晰有力，半晌过后，朝椅背上一靠，放声读了一遍。陶干听罢点头，心知已道出所有实情，且又简明扼要，自己无须再添加任何字句。[1]狄公署上大名，又盖过印章，抬手轻叩案上的信封，说道：“此信由差人从京城刚刚送到，乃是朝廷提前发出的告示，道是派了一名特使携一密信前来，如今正由巡兵护送走在路上，预计今晚便会到达。但愿他们已查出柳大夫秘密来此的目的。实话对你说，我仍是完全不明就里！”

这时管家走入，禀报说官轿已在前庭内备好。

鲍宽正在庭院中等候，躬身施礼时，另有十来个骑兵伸臂致意。二十名轿夫正端立在大轿一旁，个个身着制衣。这轿子形制十分华丽，架着高高的紫色幔帐，上方还有三层镀金尖顶。

狄公怒道：“如此庞然大物，能进得去梁府正门？”

“回相公，此事不难！”鲍宽说着微微一笑，“梁老将军的府邸实为宫室，一派古色古香。”

狄公咕哝一句，走入轿中，鲍宽与陶干跟在后面。众兵士骑马在前开道，一行人朝外走去。

---

[1] 在荷文本中，此处还有“狄公在文中并未提及柳道明为何前来广州，又是如何被害身亡的”。

十一

乔泰一路思绪纷乱，待小轿砰然落地时，方才猛醒过来，走出轿门，眼前是一条僻静的窄巷，住户显然皆是退职店主。乔泰给了轿夫赏钱，上前敲叩朴素的木门。

一个驼背老妪出来，咧开没牙的瘪嘴笑迎来客，引着乔泰穿过一个小巧齐整的花园，行至一座雪白的二层房舍前，又登上狭窄的木头台阶，大声喘气，怪腔怪调地嘀咕几句，终于走入一间房中。

房内十分阔大，四下陈设全是异域格调。左边悬着一幅绣花丝绸帘幕，从房顶直垂到地面，样式与昨晚在曼苏尔家中见过的一般无二，两旁各有一只硕大的雪花石膏花瓶，立在乌木底座上。右边墙上设有一只木架，陈列着十来把番邦刀剑。后方开有四扇拱形窗户，外面窗台上摆着几盆雅致的兰花，看去十分悦目，再远处便是邻街房舍的屋顶。地上铺着厚密洁净的苇席，除了两把紫檀木圈椅与一张低矮的圆形茶几之外，别无他物。

乔泰正欲细看那番刀，忽见帘幕一挑，走出两个少女，正值二八妙龄，容貌几乎一模一样，令乔泰吃了一惊。二女皆生有一张俏皮的圆脸，戴着长长的金耳坠，一头卷曲的秀发梳成番邦样式，上身一丝未挂，双峰高耸，肤色浅褐，看去光滑润泽，下身穿着印花细布裤子，裤脚在踝部扎紧，颈上套着镶有金丝流苏的一式蓝珠项链。

一女走上前来，对乔泰肃然打量一眼，用流利的汉话说道："欢迎来到倪宅。主人即刻便会出来。"

"你们两个是何人?"乔泰兀自惊诧不已。

"我名叫丹娅，这是我的孪生姊妹达娜。我们隶属于倪家内宅。"

"明白了。"

丹娅正色说道："你以为你明白，其实不然。我们服侍主人起居，然而他与我们并无肌肤之亲。"态度矜持地又道，"我二人仍是处子之身。"

"休提这话！船主自是以航海为业!"

"船主心系旁人。"达娜急急说道，"彼用情专一，行事极有君子之风，故此对我们姐妹漠然置之，非礼不言亦不动，实乃憾事一桩也。"

"于主人而言亦为憾事。"丹娅接着说道，"若论于床笫之间覆雨翻云，我二人本可大展手段。"

乔泰怒道："你们两个野丫头，根本不知自己在说些什么!”

丹娅扬起双眉，冷冷回道:“诸般房帏秘事，我等早已知之甚详。主人从一方姓商贾手中买下我二人，迄今已逾四载。当日身为方家三夫人之贴身女使，彼二人每每调情逗弄，我等一向从旁服侍，诚可谓屡见不鲜矣。”

达娜从旁说道:“三夫人亦常有微词，以花样无多怨之。既出此言，可知必是简单无趣，乏善可陈之至矣。”

乔泰骇然问道:“你二人说话时，为何非要这般咬文嚼字? 这些又拗口又难记的用词，你们究竟从何处学来?”

“从敝人这里。抱歉让你久等，不过你来晚了些。”有人在背后欣然说道。

只见倪船主身着一件镶红边的白色羊毛薄袍，腰系红带，裹着绣花彩绸头巾，拣了一张稍小的圈椅坐下，丹娅走到近前，立在一旁，达娜则双膝跪地，抬头打量乔泰，露出挑衅似的笑容。乔泰袖起两手，对着她怒目而视。[1]

“坐，坐!”倪船主对乔泰招呼一句，又对二女厉声说道，“你们忘了礼数，快去给我们弄些好茶来! 里面加上薄荷。”待二女离去后，对乔泰又道，“她二人十分聪明伶俐，不但会讲汉话，还会讲波斯语和大食语。我常在晚间

[1] “拣了一张稍小的圈椅坐下……对着她怒目而视”不见于荷文本。

与她们一起读各国书籍，倒也颇为得趣，她们常去我的书斋内自行翻阅。看见你安然无恙，着实令我松了一口气。可见昨晚你不曾遇到麻烦。”

“你以为我会遇到什么麻烦?”

“我可不是有眼无珠，朋友！我分明看见一个大食无赖与一个疍家刺客在门旁的角落处盯着你们!”

“不错，我也瞧见了那二人，不过对我们并没任何举动。他们与伙计吵嘴，又是怎么回事?”

“伙计不肯侍候疍家人。那些贱民被视为不洁，会弄脏所有碰到的东西。正是因此，伙计才摔碎了疍家人用过的酒杯。我还瞧见一个大胡子也一直盯着你们，后来又跟出酒肆，我心想统领不定会遇到些麻烦。”

“你为何忽地称我为统领?”

“因为我瞧见了你的官徽，那大胡子也瞧见了。我已听说赫赫有名的狄相公驾临广州城，还带着两名亲信。若是有人遇见两名从北方来的高官，却极力扮做小吏模样，难免会思忖一二。”倪船主见乔泰不发一语，接着又道，“昨天晚上，我在茶馆里听说狄相公在官府召人议事，为的是议论本地的番商贸易。此话让我又想了半日，狄相公以擅长勘案而闻名，即使番商售物时索价甚高，也不能说皆是不法之徒。狄相公的两名亲信又在码头附近微服私访，

赴倪宅乔泰会船主

这两件事加在一起，令我不由得暗自寻思：莫非广州城正在酝酿什么事变不成？”

乔泰咧嘴笑道：“你果然懂得如何推断作结！我们确实正查访番商情形。在运入许多贵重货物，抽税又高的地方……”说到此处，语声有意渐低下去。

倪船主手捋髭须：“如此说来，你们是在追查走私了！不错，我并不敢说那些奸诈的大食人一定不会做出这等事来。”

“与他们打交道的汉人商贾又如何？比如姚泰开，想必你也认得他？”

“略知一二。此人经商十分精明，从小本生意做起，如今已是城中数一数二的富户。不过他十分好色，因此花费多多。他有一大群妻妾与外室，全都锦衣玉食地供养着——别问我她们须得忍受什么，与此全不相干。他可能必须用不法手段多些进项。不过，我得承认从未听说过什么风言风语，所有依赖海船运货之人，我也全都认识。”

“梁甫也精通大食事务，此人如何？”

“统领这话未免有些离谱！”倪船主说着微微一笑，“怎可将此人与姚泰开相提并论。梁甫生就一副君子风范，家财万贯，且又生性节俭。他会走私？想都不必想了！”

这时丹娅和达娜端入一只铜盘，从旁上茶。倪船主歉然一笑，说道："招待不周，还请见谅！我曾在城南有一幢大宅，几年前，一度手头十分吃紧，不得已卖了出去。如今我倒是很中意在岸上过着安稳日子，并打算只要积蓄够用，便长居在此。身在海上时，我有许多空闲，可以想这想那，对神秘莫测之事十分有兴，如今却把更多工夫花在读书研习上。我还去武馆中练习拳术与剑术。"说罢站起身来，又道："且去看看我收藏的刀剑吧。"

二人走到木架前，倪船主对乔泰逐一讲解每把刀剑的长处，又详述焊接刀刃的不同方法，还有几则岭南剑侠的传奇故事。二女从旁听得十分有兴，描画过的两眼睁得老大。

老妪忽然走入，送上一只小信封。倪船主口中说道："姑且失陪一下！"随即走到拱窗前看过信笺，又纳入袖中，打发那老妪出去，对乔泰说道，"我们再喝上一杯！"

"我很中意这薄荷茶，"乔泰赞道，"昨晚我在曼苏尔家中喝过加香料的饮品，味道也是上佳。你可认得他？"

"你们两个下去给花浇浇水，天气已是够热。"倪船主吩咐一句，待那姐妹二人愤愤离去后，方才又道，"你想打听曼苏尔，我可以告诉你一点有关他的旧事。说来还是在四年前，曼苏尔头一次来到广州城。当时有一位年轻女子，父母双双亡故后，由长兄主持家事，实是家资富有、声名显赫。她与本地一个青年后生相恋，后来二人发生争执，那后生离开此地。女子的长兄做主，将她嫁给了一名官员，却是个干瘪乏味的老朽，年纪大过她一倍，显然不甚般配。婚后不久，那女子遇到曼苏尔，居然一见钟情，二人直如干柴烈焰一般。只是好景不长，女子很快便心生悔意，对曼苏尔道是就此分手。你可知道曼苏尔如何作答？分手倒是无妨，不过须得付给他一大笔银钱，因为当初在床上曾十分卖力过——竟说得出这等话来。”

“这下作的恶棍，居然敲诈勒索！你可知道他在做什么不法之事？我很乐意去将他捉拿归案！”

倪船主手捋短须，半晌后说道：“这个我并不知。实在对不住，我对大食人并无好感，他们曾践踏过家母的故国。我很爱我的母亲——她的波斯名字叫做妮扎米，为了纪念她，我改姓氏为倪。”说罢略停片刻，接着又道：“广州是个大城，总有各种传言。不过我自有分寸，不会对人转述无根无凭的说法，通常只是些恶意中伤而已。”

“明白了。还有一事，在曼苏尔的家宴上，我还遇到一个大食舞姬，名叫祖母绿。你以前可曾见过？”

倪船主迅速瞥了乔泰一眼，“祖母绿？不，我从没见过。不过听说她十分美貌，舞跳得也很出色。”

“你可知道她的主顾是谁？”

"不知。如果她有一个主顾，必是富有之人，因为听说她甚难讨好。"

乔泰点点头，举起茶杯一饮而尽，又道："说起漂亮女人，你那一对孪生姐妹看去也很不俗！她们还对我抱怨说你太过冷淡哩！"

倪船主淡淡一笑，"我买下她们已有四年，眼看着从孩童出落成了少女。我对她们多少像是父亲一般。"

"她俩看去可不好对付！不知你从何处买来？"

倪船主并未立即作答，打量了乔泰一眼，方才说道："她们本是私生女，由家母的一位远亲所生。那女子品貌出众，被一个汉人官员引诱，担心情郎会因为孩子而遗弃她，便将这一对女婴送给了一个熟识的汉人富商。后来，情郎仍是弃她而去，她便自寻了短见。此事曾轰动一时，但那男子设法隐匿了自己的名姓，并未因此折损仕途前程。"

"好个称心如意的家伙！你可知道他是谁？"

"知道。彼时我并不想见他，不过时常打听那一对姐妹的消息，得知她们在富商家中被妥善照料。后来此人生意亏空、变卖家产时，我就买下了她们。我尽力教她们读书识字，如今还得再为她们寻个合适的夫婿。"

"我看不宜拖延太久！"乔泰审慎地说罢，起身离座，

“这便告辞了。”

倪船主送乔泰下楼，口中说道：“你务必再来一趟，我们好比试一番拳脚功夫。你虽然比我身形魁梧，不过我却要年轻几岁。”

“好极了！我也需要演练一二。以前常常与我那结义兄弟马荣一同比试，但他已娶妻成家，变得大腹便便了！”

小花园中，丹娅与达娜正提着水壶喷洒花木。

“后会有期，小丫头！”乔泰大声说道。

两姐妹故意不理不睬。

倪船主微微笑道：“我把她们打发走，令她们十分生气，这二人十分好奇，就像两只小猴儿似的，很不乐意被人叫做小丫头。”

乔泰嘲弄地说道：“我也要变成父亲一般了。多谢你给我看过那些刀剑！”

倪船主回手关上大门。此时街中已十分热闹熙攘，众百姓早起出门采买后，正急着返回家中。乔泰在人群中推推搡搡朝前走时，不意撞到了一个年轻女子，正想开口致歉，那女子已擦身而过，唯见她的背影消失在人群中。

十二

官轿停在梁府前院内，鲍宽与陶干搀扶狄公出来。只见这宅邸果然如宫室一般宏伟，庭内地面铺着贵重的汉白玉雕花石板，一道宽阔的台阶直通向后方，也是用同样的石材砌成，台阶尽头有一座加铁箍的双扇门。梁甫疾步降阶而下，一名老者跟在后面，留着蓬乱的灰白胡须，显见得是府内管家。

梁甫躬身揖拜后，开始滔滔不绝地述说自己如何身份低微，迎接如此一位来自京城的高官与当地刺史，实在惶愧煞人云云。狄公先任由他说了半日，随后插言道："本官深知此番造访有悖于朝规，不过，令尊生前战功卓著、英名远播，本官极想瞻仰其故宅，且又一向乐见各人在自家地界中如何行事——当年外放各地、就任县令时，我便深有此好，至今未改。你且前头引路！"

梁甫又恭敬一揖，"还请允许小民带相公去先父的书斋，里面的器物格局，仍是昔日旧貌。"

众人顺阶而上，穿过一座幽暗的厅堂，两旁各有一排大柱；再走过一个花园，进入后面的二层房舍。此房更为阔大，只摆了寥寥几件厚重的乌木雕花古董家什，墙上悬的画卷皆是描绘海战图景，设色颇为富丽。然而所到之处冷冷清清，只遇上一个老年仆妇，见众人过来，连忙闪避一旁。

穿过下一进庭院后，狄公问道："贵宅如此阔大，莫非不需要众多佣仆来料理家务？"

"回相公，大可不必，小民只用一侧的厢房，并且只在晚间才回此处，白天总在城内的账房里。"梁甫说罢略停片刻，微微一笑，"我一向忙于经商，略无闲暇，以至于娶妻成家也是一再拖延。到了明年，我将三十有五，须得了此终身大事。这便是小民住的别院，先父的书斋就在后方。"

老管家在先引路，拐入一条宽敞的檐廊，梁甫、狄公与鲍宽跟在后面，陶干走在最末。

众人顺着廊道走去，先是绕过一个园子，里面植有高大的修竹，翠叶飒飒有声，布下一片清凉；随后又是一幢平房。透过廊上左边的阔窗，可以望见一个假山花园，右边则是一排房屋，门窗紧闭，屋前一排黑漆大柱，窗上糊着洁净的白纸。

陶干忽然抓住狄公的衣袖，将他拽到一旁，低声急急说道："我看见那盲姑娘了！就在刚刚经过的第二间屋里，正在埋头看书哩！"

狄公立时命道："你去拿住她！"待陶干快步离去后，又对梁甫说道，"本官的手下提醒说我忘了带扇子，不妨稍等片刻。从此处望去，那边的假山怪石真是美不胜收！"

就在此时，背后传来一个女子的怒斥声。

"出了何事？"梁甫大声说着，转身奔回，狄公与鲍宽紧随其后。

只见陶干呆立在地，两手紧紧抓住第二间屋子前方的栏杆，抬头仰望窗内，惊诧无语。一个年轻美貌的女子立在小巧的雅舍中，后方摆着一架山水屏风。

女子对梁甫怒道："这人好生无礼，究竟是谁？我刚刚推开窗户，想让房内更亮堂些，他却突然冒出来，还叫嚷说我曾经愚弄过他！"

"我认错了人！"陶干对狄公迅速回禀后，又压低声音说道，"她很像那盲姑娘，不过并不是。"

"梁先生，这位夫人是谁？"狄公问道。

"回相公，正是舍妹，也是刺史夫人。"

鲍宽开口说道："拙荆听说下官要陪相公入府，也想一同过来，看看自己当年住过的屋子。"

“明白了。实在对不住鲍夫人！本官的手下将你误认作他人了。”狄公说罢，匆匆打量一眼桌上摊开的书册，“鲍夫人正在读诗，真是绝佳的消遣，且可怡人情性。”

“读诗？”鲍宽说罢，朝其妻投去古怪的一瞥。

鲍夫人连忙合起书页，简短说道：“只是随手翻出了一册而已。”

狄公见鲍夫人生得十分俏丽，容貌俊秀灵慧，弯弯两道长眉与梁甫很是相像，不过生在梁甫面上，略显阴柔之气。只见她羞怯地说道：“得见相公，实在荣幸之至，贱妾……”

“听鲍刺史说，你认得一个卖蛐蛐的女子，本官倒想见她一面。”

“回相公话，贱妾一旦再见到她，定会告知此事。”鲍夫人说罢，恼怒地瞥了其夫一眼，“外子适才责备我不曾问明她的住址。不过，她曾说过天天都会在集市中走动，故此……”

“多谢鲍夫人！再会了！”

狄公朝前走去，对梁甫问道：“梁先生可还有其他兄弟姐妹？”

“回相公，再无别人。小民是家中独子，只有两个妹妹，不过年岁大些的那个，已于几年前亡故。”

陶干惊扰刺史夫人

“下官刚刚成婚不久，便出了那场意外。”鲍宽从旁说道，语声干涩清晰，“对于拙荆而言，实是受惊不小，对我自然也是一样。”

狄公问道：“出了何种意外？”

梁甫答道：“舍妹入睡后，床帐被风吹起，落到油灯上，于是屋里着起火来。她定是被浓烟熏得昏厥过去，我们事后只找到烧焦的尸身。”

狄公听罢，叹惋抚慰几句。梁甫推开一扇重门，步入一间高大凉爽的屋内，冲管家示意一下。管家走到窗前，卷起竹帘。狄公朝四下打量，只见墙面全被书架遮蔽，架上满满堆放着书籍卷册，地上铺有宝蓝地毯，正中央摆着一张硕大的书案，案上只有两盏银烛台与笔墨纸砚等物。梁甫引着众人行至墙角处，请狄公坐在茶几后方一张宽大的太师椅内，又将前方的两张高背椅让给鲍宽和陶干，自己则坐在稍远处一张较低的椅子上，命管家下去沏茶。

狄公手捋长髯，满意地说道：“本官在此品出了一丝暗藏的风雅气息——令尊深谙战和之道，如此卓越人物的书斋，料应如是。”

众人一边饮茶，一边议论有关“镇南海”老将军的昔年战事，梁甫还取出其父珍藏的几张广州旧图来。狄公细看其中一幅，忽然伸手一指，大声说道："这就是花塔寺！本官昨晚曾去造访过。"

梁甫说道："回相公，此寺乃是本地名胜之一，每隔六七日，小民总要去一次，与那住持对弈一局。他不但棋艺精湛，学问也很深厚哩！如今正忙于撰写一部史传，记述佛经如何流传。"

"住持既然一心向学，想来会将寺内诸事都交给首座经管吧?"

"回相公，并非如此！住持生性勤勉，事事都一丝不苟，也是不得已而为之。如此一座大寺，众百姓亦可出入，势必得严加管束。形形色色的可疑之人皆会入内，希图欺诈粗心大意的香客，小民是说窃贼骗子之类。"

"还应加上杀人凶手。"狄公淡淡说道，"就在昨天，本官发现了一具官家密探的尸体。"

梁甫惊叫道："如此说来，那些僧人议论的正是此事了！小民正与住持对弈时，忽然有人召他出去，半日不见回转。我询问众僧，听说与一起人命案有关。敢问相公，凶手是何人?"

狄公耸耸肩头，答道："几个泼皮无赖。"

梁甫摇摇头，呷了一口茶水，叹息一声："相公明鉴，此城富庶繁华，然而亦有另外一面。富极之地，必有贫极之所。走马观花者粗粗一看，只瞧见表面光鲜，殊不知底下暗藏有险恶江湖，番邦恶徒与汉人无赖比比皆是。”

鲍宽冷冷说道：“凡此种种，全都被置于严格管束之下。还须再说一事，他们的不法行径，只限于各自的地盘之内。但凡大城之中，穷街陋巷哪能不生事端。”

“本官对此深信不疑。”狄公说罢，举杯一饮而尽，转头对梁甫又道，“你方才提到番邦恶徒，本官倒是听说了一些有关曼苏尔的流言，颇为不善。他会不会雇用大食无赖，做些不法的勾当？”

梁甫坐直起来，手捋细细的山羊胡，思忖了大半日，方才答道：“回相公，小民与曼苏尔并不相识，不过曾听说过不少有关他的事，主要是从同行友人姚泰开的口中。曼苏尔是个见多识广的船主，足智多谋，颇有胆量，经商也十分精明。除此之外，他又是个雄心勃勃的大食人，对其族人和信奉的教义向来全心全意。他在大食国原本地位显赫，乃是哈里发的远房侄子，曾与西边来的蛮人多次交战，攻克过不少地方，理应被任命为一方之主，却因一时失言而冒犯了哈里发，从此被逐出宫廷，后来驾船出海，经历过不少风浪。但他从未彻底断念，仍然期望有朝一日能重得哈里发的欢心，并为此不惜一切。”

梁甫住口不语，思忖片刻，又字斟句酌地说道：“方才所言之事，全是小民曾查证过的实情，以下的话则纯是道听途说。有人私下传言曼苏尔心怀一念，若是在广州掀起一场大骚乱，趁机劫掠全城，再带着大笔横财扬帆归去的话，哈里发定会心中大喜，认为如此功绩可壮大食之声威，作为奖赏，便会将他官复原职。不过，小民非得再说一遍，这些只是流言而已，很可能对其人有失公允。”

狄公扬起浓眉，问道：“一小撮大食人，如何能与上千名身经百战又全副武装的官军抗衡？更不必说码头上还有守卫与巡兵！”

“回相公，曼苏尔曾攻占过不少番邦城池，可想而知对此颇富经验。他必是留意到广州的情形与北方不同，有许多木头建造的二层房舍。一旦天气干燥多风，在几处精心挑选的地方放起火来，势必会引起一场大火灾，再派出几伙人去趁乱打劫，即使人数不多，也能斩获颇丰。”

“老天，此话一点不错！”鲍宽叫道。

梁甫又道：“更有甚者，若是有人在城内造成混乱，一旦开始抢劫财物，自会遇上热心的同道。小民说的便是那几千名疍家人。他们对我们积怨甚深，已有数百年之久。”

“说来也是事出有因。”狄公说着叹息一声，“无论如何，那些水上人能做出甚事来？他们一盘散沙，手中也没有兵器。”

梁甫徐徐说道：“疍家人实则自有组织，似是聚集在一些大巫师周围。他们虽没有势大力沉的重兵器，然而在街头打斗起来，仍是不可小觑，不但很会耍弄长刀，还擅长抛出丝巾将人勒死。他们对外人一概不信任，很是抱团，不过疍家女人的主顾多是大食水手，因此曼苏尔想要与他们交好的话，也并非难事。”

狄公听罢未予置评，默默思量着梁甫这一席话。陶干开口说道：“梁先生，我留意到疍家刺客勒死人后，总会留下拴在手巾上的银币。这些银币很是值钱，为何他们在得手之后不将这些银币拿走，或是用铅块代替？”

“他们十分迷信。”梁甫说着耸耸肩头，“那是专门送给死者亡魂的供品。疍家人笃信留下了这枚银币，鬼魂以后就不会来纠缠自己。”

狄公抬头说道：“给本官再看看全图！”

梁甫将地图铺在桌上，狄公命鲍宽指出哪些里坊内全是木屋，结果发现几乎所有的人多稠密之处都包括在内，住户既有中等人家，也有贫苦百姓，并且贯穿其间的全是狭窄小巷。

狄公肃然说道：“确是如此。一场大火便可轻易毁去大半个广州城，损失的人命与财物将会不计其数，因此我们不可忽视有关曼苏尔的传言，必须立即预为之计。本官将命翁节度在今日午后召人密议，除你二位之外，再传姚泰开、军营统领与码头巡兵的主管同来，到时再考虑如何设法防范，以及如何对付曼苏尔。”

梁甫忧心说道：“相公明鉴，小民务必再申明一次，曼苏尔可能完全清白无辜。他与人做生意时，要价十分苛刻。本地的富商巨贾之间争斗甚烈，有些人为了除掉一个劲敌，可以不择手段。所有这些关于曼苏尔的说法，可能只是恶意中伤。”

“但愿你所言不虚。”狄公淡淡说罢，喝完茶水，起身离座。

梁甫一路恭送三位贵客出去，经过重重庭院与长廊，再度走回前院，长揖数次，随后宾主道别。

十三

狄公出门不久，乔泰便已回府，足足早了一个时辰。

管家引着乔泰行至东厢大厅，肃然禀报说狄公在午时之前应是不会回来。于是乔泰走到紫檀木长榻前，脱去脚上的靴子，躺倒在软枕上，想要美美地小睡一阵。

乔泰虽觉十分疲乏，却又无法入眠，翻来覆去了半日，心情愈发低落，不禁愤愤自语道：你这该死的傻瓜，都这把年纪了，何必如此多情善感！甚至没在倪家那两个小妞的屁股上各拧一把，她二人还求之不得哩！这左耳又出了什么毛病？乔泰伸出小指捅进耳孔，用力掏挖几下，但是仍有嗡嗡声不绝如缕，这才发现竟是从左袖中发出。

乔泰探手入袖，竟摸出一只小包裹，大约一寸见方，用红纸包得整整齐齐，上面写着一行蝇头小字“陶先生亲启”，看罢喃喃念道：“这么说是她送来的东西了！必是找了个闺中好友，那姑娘在倪宅门前撞我一下，趁机将此物塞入我的袖内，手脚倒很麻利。不过，她怎会知道我要去拜访倪家？”

乔泰翻身坐起，走到大厅门口，将包裹放在那边的条几上，尽量远离书案，随后重又回来躺下，这一次立时睡去。

将近午时，乔泰方才醒转，刚刚穿上靴子，又畅快舒展了一下僵硬的四肢，就看见房门开启，管家引着狄公与陶干进来。

狄公直朝后方的书案走去。乔泰陶干依旧在各自的椅子上坐定。狄公从抽斗中取出一大幅地图，铺展开来，对乔泰说道："我们与梁甫长谈了一阵。之前的猜测似是不差，柳大夫再度转回广州，正是由于他已发觉此地的大食人在图谋不轨。"

狄公简述一番众人的言语，乔泰凝神倾听。狄公最后说道："梁甫口中所言，证实了我在花塔寺里听那妓女说过的话，即大食人常去光顾疍家妓院。由此可知这两伙人有许多机会可以勾结起来，也解释了柳大夫为何会被疍家人特制的毒药所害。你二人在码头酒肆中见到的矮子显然是疍家人，他也与大食刺客在一起。既然在廊桥中勒死大食刺客的神秘者用的是疍家人的丝巾，或许表明企图作乱的大食人的对头也雇用了疍家人。凡此种种，都令人十分迷惑不解。无论如何，我不会冒险让大食人有任何举动，现已下令让翁节度在未正时召人聚议，商讨应如何防范。乔泰，你出去查访的情形如何?”

“回相公，我找到了那名舞姬，她母亲确是疍家人。只可惜她的主顾生性好妒，因此她不敢与我在船上说得太久，那地方正是主顾为她所置。不过，她还说有时主顾也在光孝寺南边的一幢小房内与她相见，她自会告知我何时可去那里再度会面。她只是偶尔去过几次，皆因身为贱民，不可在岸上居住。”

狄公怒道:“明白了。贱民一说必须被废除，对于我天朝上国而言，实乃可耻之事。我们有责任教导那些生而不幸的化外之民，然后再赋予他们普通百姓的所有权利。过后你可去了倪家?”

“回相公，去过了。老倪果然是个爽快人，且又消息灵通。他道出不少有关曼苏尔的事——正如我所料想的那般。”

狄公听过乔泰所述，议论道:“你最好对那倪某人多加小心。此事令我难以置信，且与我从梁甫口中听来的说法不甚相符。曼苏尔本是贵胄出身，且又颇富资财，为何要自降身份去敲诈勒索? 倪某人究竟是从何处听来的消息? 让我想想，他还对你说已打定主意在岸上长住数年，只因喜爱安稳度日，想要致力于研究神秘莫测之事。这些听去都不似实情! 他本是个水手，若要远离大海，应有更加令人信服的理由！据我想来，他爱上了一个女子，但是当他某次出海在外时，那女子经由家人安排而嫁作他人妇。他留在此地定居，一心指望那女子的老迈夫君迟早会亡故，然后便可合浦珠还。他痛恨曼苏尔，自然是因为曼苏尔与他所爱之人有过私情，因此编造出了所谓敲诈勒索一事。你听罢觉得如何？”

“不错，很可能真是如此。”乔泰缓缓说道，“这也与他家的两个女奴所言相合，道是主人深深钟情于某个女子。”

“两个女奴？难怪昨天鲍宽会说他行止放荡。”

“不不，相公。那两个姑娘——实则是一对孪生姐妹——分明说过主人对她们从无非分之举。”

“那他留着两姐妹做甚？全当家中摆设不成？”陶干问道。

“只因那两姐妹的母亲，是老倪的一个远亲。其中原委，听得人心里很不好受。”乔泰随即细述了一遍倪船主所言，又道，“引诱那女子的汉人官员，定是个卑鄙之徒。有些人以为只因番邦女子不是汉人，便可对她们为所欲为，实在令我深恶痛绝。”

狄公朝乔泰投去犀利的一瞥，手捋颊须，默然沉思半晌，方才说道：“比起一名船主的私事来，我们另有更要紧的事务须得费心。你二人这就出去吃午饭，不过务必在未正之前回来议事。”

二人施礼告退，正要出门时，乔泰从条几上拿起小包，递给陶干，低声说道：“有一女子在街上将此物塞入我的衣袖内。就在我刚刚离开倪家时，她故意撞了我一下。既然上面写着由你老兄亲启，在你看过之前，我不想先拿给相公过目。”

陶干连忙打开包裹。只见里面有一物事，状似鸡蛋，外面裹着一只旧信封。原来竟是一个漂亮的蛐蛐笼子，用象牙制成，雕花十分精美。

陶干将笼子放在耳边，闻得轻柔的鸣声，低声咕哝道：“定是她送来的。”忽又叫道，“你看！这是何意？”说罢抬手一指封口处的四方印章，却是“御史台柳道明私印”。

“我们这就去拿给相公看！”陶干急急说道。

二人返回大厅后方。狄公正在埋头看地图，不禁吃了一惊。陶干默默呈上笼子与信封，乔泰迅速道出从何而来。狄公将笼子搁在一边，先查验过封口处的印章，然后撕开信封，抽出薄薄一片笺纸，上面写满了潦草的小字。狄公将纸张放在案上抚平，细细打量半日，抬头肃然说道：“这是柳大夫随手写下的记录，关于三名大食人在收货之后付给他的钱款。他并未注明究竟是何种货物。其中有曼苏尔的名字，另外两人则写作阿赫迈德与阿齐兹。”

“我的天!”乔泰叫道，“这么说柳大夫通敌叛国了!或许是假造出的?”

狄公缓缓说道:“定是真迹无疑。这印章绝不会错，我曾在朝中见过不下数百次。至于笔迹，我看过柳大夫亲手写给朝廷的密报，对他的工楷倒十分熟悉，但没见过连笔字。不过，纸上的这一笔狂草，唯有大家名士才能写得出来。”

狄公朝后靠坐在椅背上，沉思良久。乔泰陶干从旁焦急注视，忽见他抬头说道:“我来告诉你们这是何意!有人十分清楚我们来广州的真正目的！此事既是朝中绝密，因此那不知名姓者必是京城里的一名高官，可以出席朝廷所有密会，并加入了与柳大夫为敌的一派，与其同伙引诱柳大夫前来广州，为的是要拖他卷入曼苏尔的图谋，然后再告他犯下叛国谋反之罪，从而除去这一政敌。柳大夫自然看穿了这一拙劣的阴谋，假装同意与大食人联手，正如这记录中所示，之所以如此行事，只为查出究竟是谁在幕后指使。但是对方显然也察觉到柳大夫已看穿此计，于是将他毒杀。”说罢不动声色地看着陶干，又道，“那盲姑娘送这信封给你，足证她心怀善意，但是柳大夫遇害时，她就在当场。身为目盲之人，她不可能拣起掉在桌上或街上的纸片，定是从死者的衣袖中摸出，趁凶手不注意时，将这信封抓到手里，又从柳大夫的尸身上取走了金钟。她对你讲述的如何在经过花塔寺时听到蛐蛐叫，全是无稽之谈。”

陶干说道：“她必是过后让一个可靠之人看过这信封，得知上面盖有柳大夫的印章，就收藏起来。昨晚我离开她家之后，有一人或几人又去造访，她听说我正在调查柳大夫失踪一事，便将此物交付给我——塞入一只蛐蛐，表明正是由她送来。”

狄公几乎听而不闻，忽然怒道：“我们每走一步，对手居然全都知道！真是岂有此理！乔泰，倪船主定是与他们串通一气！那无名女子在倪家门口将包裹塞入你的袖内，断不会只是巧合！你立即返回倪宅，仔细盘问倪某人一番！开头小心些，不过，一旦他矢口否认与那盲姑娘相识，你就将他捉住带来！我自会在此院的饭厅内。”

十四

乔泰事先盘算了一番，坐着小轿在倪宅的邻街下来，然后徒步走去，叩门之前，先朝左右打量一下，见街中只有几个小贩。此时众百姓正在吃午饭或是预备睡午觉。

老妪开门出来，叽里咕噜说个没完，想必是波斯语。乔泰耐着性子聆听半日，随即一把推开老妪，径直入内。

二楼一片静寂。乔泰推开花厅的门扇，见里面空无一人，心想老倪与那两个漂亮丫头定已用过午饭，预备小睡一阵。并非同居一室——丹娅必会说出这等话来！乔泰不禁有些着恼，心想非得等上一阵子，或许那老太婆还算识相，会去叫醒老倪，若是不见有人出来，就在宅内其他地方四处走走瞧瞧。

乔泰行至木架前，再度赏鉴起陈列其上的刀剑来，一时十分专注，竟未听见有人从外面爬上房顶。两个裹着头巾的男子小心翼翼跨过窗台上的花盆，轻轻悄悄潜入室内。身形瘦削者抽出一把细长的匕首，另一个矮胖之人手持一根大棒，走到乔泰身后，猛打在他的后脑勺上。乔泰呆立片刻，旋即重重倒地。

瘦子收刀入鞘，口中说道："阿齐兹，这里有的是好刀可以挑选哩。我们很快便可了结曼苏尔的差事。"

"赞美安拉！我总算甩掉了这好色的卡菲勒！"有人用大食语说道，声音如同纯银一般。

两名大汉急忙转身，不禁大吃一惊。只见一个女子从帘幕后方走出，浑身一丝不挂，唯独颈上挂着一串蓝珠项链，脚登一双白缎鞋。

"从天国下凡的美女！"胖子虔敬说罢，盯着美人玲珑曼妙的身形，喜不自胜。

"我是为所有虔诚信徒备下的奖赏，"达娜指指乔泰，又道，"这人对我起了邪念，正要拔出刀子，强迫我屈服于他的淫威，我便逃到帘幕后面，这狗娘养的恶棍。"

瘦子喜孜孜地说道："且让我们先结果了他的性命，然后就可与你一同快活了！我名叫阿赫迈德，这位朋友叫阿齐兹。"

"阿赫迈德还是阿齐兹，真叫我好生为难。"达娜说着，上下打量二人几眼，挑逗地微微一笑，"你们两个都是年轻勇武、相貌堂堂，且让我看看！"说罢快步上前，抓住二人的衣袖，让他们背对帘幕、并排而立。

达娜出迎不速之客

阿齐兹不耐烦地叫道："安拉在上！美人儿何必要为此烦恼？先让……"话说到一半，忽然没了下文。只见他两手捂住胸口，瘫倒在地，一股鲜血从歪斜的口中汩汩流出。

达娜吓得惊叫一声，抬手抱住阿赫迈德，哭叫道："安拉保佑！这是……"

一只大花瓶砸在阿赫迈德的头顶。达娜松开两手，任由他摔倒在苇席上。

丹娅从帘幕后方走出，怔怔看着倒在地上的二人。

达娜说道："你干得着实漂亮。不过为何不给另一个也刺上一刀？主人很喜欢那只花瓶哩。"

"我看见他的肩背处鼓起一块，怕他身上套着锁子甲。"丹娅想要轻松道出，却是语声颤抖，面色惨白，前额冒出一层湿汗，突然奔到远远的墙角处，张口吐在地上，转身拂去面上的湿发，低声说道，"定是午饭时吃的那条鱼。你快把裤子穿上，帮我弄醒他。"

丹娅跪在乔泰身旁，开始按摩他的脖颈和双肩。达娜端来一只水罐，将水浇在乔泰头上。

过了许久，乔泰终于醒转过来，看见面前的两张俏脸，只觉头晕目眩。"这该死的姐妹俩！"说罢深吸一口气，复又闭起两眼。

乔泰一动不动躺了半日，方才缓缓坐起，抬手摸一摸脑后肿起的大包，重又盘起发髻，再小心戴上帽子，恶狠狠看了姐妹俩一眼，吼道:“老天有眼，竟跟我开这等可恶的玩笑，定要打烂你们的屁股不可!”

丹娅肃然说道:“拜托你看看那两人如何？是他们下手暗害你，瘦子叫阿赫迈德，胖子叫阿齐兹。”

乔泰坐直起来，直直盯着躺在帘幕前方的两个大食人，还有地上的匕首和大棒。

“达娜引开了他们的注意，我一刀刺中那胖子。另一个被我打昏在地，若是你想要盘问他，就请自便。听他道是由曼苏尔派来的。”

乔泰缓缓站起，只觉得头昏眼花，十分难受，仍勉强咧嘴笑道:“好样的姑娘!”

达娜见乔泰面色煞白，不禁忧心说道:“如今你应该呕吐才是，头上挨过重击后，此乃常有的反应。”

“我看去像是弱不禁风么?”乔泰愤愤说道。

“若是你想象自己正在吞咽一大块略带腥膻的肥羊肉，将会有所助益。”达娜说罢，见乔泰果然开始作呕，急忙又道，“别吐在这席子上！请去那边的墙角里!”

乔泰踉跄奔去，张口呕吐起来，过后着实觉得舒服不少，又端起水罐喝了一大口，吐出窗外，随后走到两个大食人身旁，从阿齐兹背后拔出丹娅的薄刃小刀，在死者衣袍上揩擦干净，又羡又妒地说道：“你出手倒很利落！”又细细查看过阿赫迈德的头颅，抬头说道，“未免太过利落，这人也已断气。”见丹娅压低嗓子惊叫一声，又道，“你涂在两眼上的黑墨变花了，看去好不吓人。”

丹娅闻听此言，转身奔去帘幕后方。

“别提醒她，她这人极易心碎。”达娜说道。

乔泰细细查看过两名死者的衣物，连一张纸片也没找到，于是站在原地，手捻髭须，默默思忖。

一时丹娅转回，面上重又描画过一番。乔泰说道：“我纳闷这二人想要做甚！他们为何不一刀刺死我？那把匕首看去十分合用哩。”

丹娅对达娜说道：“我以前不是跟你说过，他这人虽然和气，却是个傻子？”

乔泰叫道：“喂！你这无礼的丫头，为何说我是个傻子？”

丹娅从容说道：“因为你连简单的推想都不会。莫非你看不出来，他们想用一把主人的刀剑杀死你？以此便可嫁祸给我家主人。若是你不赞成，我很乐意再解释一回。”

“看在老天爷分上！你说得一点不错！你家主人在何处？”

“他吃过午饭，便立时出门去了。我们听见那老妇想要跟你解释，但你听不懂她的话，仍是不管不顾地走上来，着实有些鲁莽。”

“我进门的时候，你两个为何不出来？”

“所有关于情爱的书上都曾讲过，想要判断一个男子的性情如何，最好的法子就是当他自以为独处时从旁观察。因为我们对你有些兴趣，所以也观察了半日，就从那帘幕后方。”

“真没想到！不过也得多谢你们！”

丹娅正色说道：“乔统领，难道你不觉得，此事正好可以促使你买下我们两个，再娶为妻室？”

乔泰骇然叫道：“万万不可！”

“有何不可！”丹娅决然说道，将两手背在身后，“我们救了你一命，你以为是为了什么？”

达娜已从旁注视乔泰半日，此时徐徐说道：“姐姐，我们不可感情用事。我们曾约定初夜时必须同侍一人，对不对？你当真确定他身强力壮，足以胜任此事？”

丹娅定睛打量了乔泰一眼：“我可说不准。我看见他的胡须里杂有银丝，即使年富力强，想也已逾不惑！”

达娜接着说道：“若是我二人之中有一个须得失望，实在糟糕透顶。我们一向期望那销魂蚀骨的一刻，将会成为共同的回忆哩!”

“好一对恬不知耻的小淫妇!”乔泰怒道,“那盲姑娘可是你们的朋友?与你们也一个样?”

丹娅漠然望了乔泰一眼,对达娜嫌恶地说道:“他想找个盲姑娘!唯有这类女人,他才可能有机会得手!”

乔泰心知自己根本不是她二人的对手,对丹娅疲惫说道:“告诉那老妇人,去叫两乘轿子来,好让我送这两具尸首去官府。在轿夫到来之前,我帮你们将此处打扫干净。不过有个条件,就是你两个乖乖把小嘴闭上!”

十五

与此同时，狄公已在饭厅内与陶干一道用过午膳，又闲闲喝着茶水，等待乔泰转回。将近未正时刻，仍不见乔泰的人影，狄公起身离座，命管家引路前去议事厅。

翁健与鲍宽立在门内等候，旁边还有一名蓄须男子，披一身闪亮的甲胄。翁健介绍说此人乃是军营统领，后面另有一名年纪稍轻的军官，则是码头主管。梁甫与姚泰开向狄公躬身施礼后，翁健引路走向议事厅正中的大桌。

众人雍容揖让了大半日，方才依序坐定。另有两名书办坐在稍远处的两张矮桌旁，提笔蘸墨，预备记录议程，狄公宣布议事开始，先大致说过眼前的难题，然后命那军营统领简述一番战略状况。

军营统领依命报上，不到两刻钟便讲完了全城的整体格局与军兵分派状况，十分简明扼要。其间只中断过一次，有一名小吏进来，呈给鲍宽一封书信。鲍宽匆匆看过后，向狄公请求暂且出去片时。

狄公正欲询问那统领有何安全举措可以建议时，却见翁健站起开言，着意从更为宽泛的官府统管出发，讲述了此城的若干特点。话未说完时，鲍宽已进门归座。翁健又滔滔不绝讲了两刻多钟，枝节愈多，离题愈远。狄公在座中不耐烦地挪动一下，这时一名副官进来，小声禀报说乔统领有急事求见，可否带他进来。狄公正欲活动一下腿脚，不禁心中暗喜，虽说有悖于官府章程，仍然决意出去走一遭，于是站起身来，对众人道是姑且离开一刻。

在前厅内，乔泰对狄公迅速回禀了一番在倪宅发生之事。

狄公怒道："立即去蕃坊捉拿曼苏尔！这是我们控告那恶棍的头一条明证！阿赫迈德与阿齐兹正是柳大夫在记录中写下的人名。你带上四名密探同去。"

乔泰咧嘴一笑，正欲离去时，狄公又道："你也去设法捉住倪船主。若是他仍未回宅，就命县衙发一差票给各处里长，我很想与他谈一谈！真是个谜一般的人物！"

狄公重又转回议事厅坐下，肃然说道："今日所议之事中，有一件是如何对付曼苏尔，即本地大食人的首领。本官刚刚得到一个消息，于是不得不立即下令将他捉拿归案。"说话时，迅速扫视一下围坐在桌旁的众人。

人人皆点头赞许，唯独姚泰开面露疑色："小民也曾听说过大食人图谋叛乱，但完全是无根无凭的谣言，因此并不在意。至于曼苏尔，小民可以说与他十分相熟，虽然脾气急躁、性情傲慢，不过小民确信他绝不会想到要兴风作浪，铤而走险。”

狄公冷冷瞥了姚泰开一眼，不紧不慢地说道：“本官承认并无切实的证据可以控告曼苏尔——眼前尚且没有。不过，他既是大食人的首领，理应对同族中发生的所有事情负责，如今仍大有机会可以自证清白。我们自然要想到曼苏尔可能根本不是罪魁祸首，此时派人捉拿，也算不得防范太过。且听军营统领细述此事。”

军营统领以惯常的简洁方式讲完后，码头主管又加了几项限制大食货船在港口内移动的建议。待所有条目皆被通过，狄公命鲍宽起草几份必要的官文与告示，又花去不少工夫，一应文书方才写成，并得到众人首肯。狄公终于一一署名盖印，正欲命众人散去时，翁健从前襟内取出一大包纸张放在案上，郑重其事地清清喉咙，开口说道：“不意突发大食人之事，用去了相公许多宝贵时间，下官深以为憾。但有一事并不曾忘记，即相公此次远道而来，为的是巡查番商贸易，故此下官命主管港口的诸人写下一份呈文，详细列出所有重要货物的入海与出海数目。若蒙相公允准，下官将依据这些文书，在此略述概况。”

狄公正欲一口驳回，只道是另有要事待办，寻思一下，却又改了主意。自己毕竟还得装装样子，翁健已显出十分热忱，总归值得嘉许，于是点一点头，无奈地靠坐在椅背上。

翁健絮絮述说时，狄公却一心寻思着乔泰方才所言。曼苏尔企图杀死乔泰并嫁祸于倪船主一事，似是证明倪船主并未卷入这场密谋中去。或许他与那盲姑娘联手行事？乔泰前去拜访时，倪船主曾接到一张便笺，过后乔泰离开倪宅，衣袖内便被人塞入了盲姑娘的包裹。狄公想要对陶干低语几句，奈何他正凝神倾听翁健侃侃而谈，只得叹一口气，暂且作罢。凡是涉及钱财之事，陶干一向兴趣十足。

又过了两刻多钟，翁健方才议毕，几名家仆进来，将银烛台一一点亮。梁甫站起身来，开始细论翁健提及的数目。一时副官再度走入，狄公心中一喜，却见他面带忧色，上前匆匆说道："启禀相公，城西北的里长前来向刺史上报一桩要事。"

鲍宽朝这边投来询问似的一瞥，见狄公点头许可，连忙起身离座，跟随那副官出去。

狄公刚刚开口称赞了翁健与梁甫几句，忽见鲍宽一头奔入，面如死灰，哽咽说道："拙荆被人杀了！我得……"话说了一半，看见乔泰进来，便住口不语。

乔泰快步走到狄公面前，懊悔说道："回相公，曼苏尔没了踪影，倪船主也不见了。我不明白为何……"

狄公示意乔泰住口，对翁健命道："派你的手下捉拿曼苏尔，还有那姓倪的船主。立时便去！"随即对乔泰道出鲍夫人被杀一事，又转头对鲍宽说道，"惊闻如此噩耗，本官深表痛惜。鲍刺史，我这就与你同去贵府，还有两名亲随。又是一桩惨事……"

"此事并非出在敝宅内！"鲍宽叫道，"她死在光孝寺南边的一座房舍里，我根本闻所未闻！在第二条街的南边角落处！"

姚泰开压低嗓子惊叫一声，双目圆睁盯着鲍宽，竟至合不拢嘴，看去惊恐万状。

狄公厉声问道："姚先生，莫非你知道那地方？"

"不错，正是。小民……说来正在小民的名下，用于招待生意上的同行。"

"我命你解释清楚……"鲍宽刚刚开口，狄公却插言说道："姚先生与我们同去案发之处，到了那里，他自会一一详述。"

狄公迅速起身，命翁健立即去办理方才议定的诸项举措，随后离开议事厅，乔泰陶干并鲍姚二人跟在后面。守卫已在前院内点亮灯笼。狄公立等官轿时，对鲍宽问道："尊夫人是如何被害的？"

"回相公，她被人用一条丝巾从背后勒死了。"鲍宽木然答道。

狄公闻听此言，对两名亲随投去意味深长的一瞥，却未发一语。官轿的梯子放下时，狄公对鲍宽说道："你与本官一同进去，里面足够宽敞。里长，你与姚先生同乘你的轿子。"

狄公让鲍宽坐在身旁，命乔泰陶干坐在对面。众轿夫抬起长长的轿杠置于肩头。乔泰急急说道："启禀相公，姚泰开昨晚对我说过那地方！他似是畜养了几名女子在其中，还派了一个妇人主管……"

"如今我晓得为何那贱人要去了！"鲍宽大声叫道，"她前去会那姓倪的淫棍！他二人曾经彼此有情，在我娶她为妻之前——我真是个老糊涂。我时常疑心他们旧情不断，背着我偷偷来往，好一对下作的奸夫淫妇！姚泰开竟也偷偷纵容。还请相公将姚倪二人都捉拿起来，我要……"

狄公抬手示意一下："鲍刺史少安毋躁！即使尊夫人前去与倪船主会面，也不能证明他就是杀人凶手。"

"下官且来告诉相公发生过何事！拙荆明知我整整一下午都会在节度使府内议事，便与那奸夫约定。尽管她生性轻浮，又常常行事愚蠢，终究还是个大家闺秀……相公明鉴，我也并非无可指摘，时常将她冷落一旁，但也是无法可想。翁节度常常弄得我十分忙碌，实在没有工夫……”鲍宽说到此处，语声渐低下去，摇一摇头，抬手抹了一把脸面，竭力静气敛神，轻声自语道，“今日会面时，拙荆定是对倪某人说打算终止这段孽缘，倪某人听罢勃然大怒，于是杀死了她。事情定是如此。”

“倪某人貌似躲藏了起来，许是表明他犯下此罪。不过，鲍刺史且勿遽下断语。”

十六

四名衙役站在一座二层房舍前，其中两人摇晃着书有“广州县衙”四个红字的纸灯笼。官轿落地时，四人齐齐端立。狄公走出轿门，鲍宽与乔泰陶干跟在后面。等里长与姚泰开也从另一乘小轿中下来，狄公对里长问道：“命案发生在哪间屋里？”

“回相公，就在大厅左边的茶室内。请让小人前头带路。”

里长引着众人走入一间阔大的厅堂内，两只雕花精美的底座上，悬着几盏点亮的白纱灯。一名衙役站在左边的门旁，右边摆着一张条几和一把硕大的圈椅。后方有一扇月洞门，蓝色珠帘半开半掩。只听“哗啦”一声响，一只白皙的纤手迅速将珠帘合拢。

狄公抬手一指右边的圈椅，对姚泰开命道：“你且坐在那边等着！”又对里长问道，“此处的每一样东西，想必你都不曾动过？”

“回相公，没有。小人只进去过一次，将两支点亮的蜡烛放在桌上，并查实人确已死去。主事的妇人管那死者叫王小姐，但是小人在她的衣袖里找出一只锦套，里面装有名帖，上面分明写着刺史夫人。相公明鉴，小人让所有东西都保持原样。”

此时衙役已打开门扇。只见一间小小的茶室，正中央摆着一张紫檀木茶几与三把椅子，左边一张壁桌，上面放着一只花瓶，插在瓶内的鲜花已然枯萎。墙面一色雪白，悬着几幅精美的山水与花鸟卷轴，唯有一扇窗户。窗前躺着一个女子，身穿简素的褐色长裙，脸面朝下，旁边一张座椅翻倒在地，显然曾摆放在茶几一侧，且离窗口最近。

狄公从桌上拿起一支蜡烛，对陶干示意一下。陶干跪在地上，将尸身翻转过来，使其脸面朝上、平躺在地。鲍宽连忙掉过头去，乔泰走到鲍宽与女尸之间站定。死者面目扭曲，十分可怖，肿胀的舌头从沾有血污的口中伸出，颈上紧紧勒着一条丝巾，足见下手之狠。陶干颇费了些力气才解开丝巾，默默指给狄公看那系在一角的银币。

狄公示意乔泰将死者的脸面遮起，转身瞧见里长仍站在门外，对他问道："当时如何发现出了人命？"

"回相公，鲍夫人来到此处，大约过了两刻钟，小丫鬟以为她等着会面的男子想必也已到了，便进去送茶，结果却看见横尸房内，吓得大叫起来，被街中的路人听见。当时那扇窗户开着，相公请看，就是如今这般模样，正通向一条夹在此房与邻舍之间的窄巷。有两人正好走入巷口，听见丫鬟惊叫，立即跑去小人的官署内告知，于是我就赶紧奔过来，查看到底出了何事。”

“明白了。”狄公说罢，命乔泰陶干在房内细细搜查一番，又派人将尸体送去县衙，对鲍宽说道，“本官这就与你一道去问那管事的妇人。里长，你将宅内一干人等都安置在何处？”

“回相公，那管事的妇人已被小人关入厅堂后方的花厅内。至于住在此处的四名女子，小人已命她们就在楼上各自的房中，还命女仆们都留在灶房里。”

“办得甚好！鲍刺史且随我来！”

狄公穿过大厅，朝月洞门走去。姚泰开连忙从座中跃起，狄公却有意不加理会。鲍宽经过时，冲他怒瞪一眼，姚泰开心烦意乱，立时坐回原处。

花厅颇为狭小，只能容下一张乌木雕花茶几、两把座椅与一只高大的橱柜。一个中年妇人立在橱柜旁，衣着端庄素净，连忙躬身一拜。狄公在茶几旁坐下，示意鲍宽坐在另一张椅中。里长按着那妇人跪下，抱臂立于后方。

狄公先命妇人报上姓名年纪。妇人一口北方话说得不甚流利，但是狄公深谙提审之道，很快便得知姚泰开于五年前买下这座宅院，让她在此管束四名女子，其中两个是姚泰开赎出的歌伎，另外两个曾是女伶。姚泰开付给她们不少银钱，每隔三四天就来一回，或是独自一人，或是携二三好友。

“你是如何认识鲍夫人的?”狄公问道。

“民妇对天发誓，从不知她是刺史夫人!”妇人哭叫道，“否则绝不会答应倪船主带她前来。他……”

鲍宽叫道:“我刚才不是说过这话？那好色之徒……”

“鲍刺史，且让本官处置。”狄公说罢，瞥了那妇人一眼，“再往下说!”

“一二年前，倪船主曾来过此处，说那女子是王小姐，又问民妇能不能偶尔在午后借用一间房，好与王小姐说说话。老爷明鉴，倪船主是个远近闻名的人物，且又应承定会为茶水点心多出些银子，我就……”

“姚泰开可否知道此事?”

妇人涨红了脸，吞吐说道:“回老爷，既然倪船主总是午后才来……而且只喝一杯茶，我……我想就不必非得告知姚先生了，并且……”

“并且你还独吞了倪船主给的钱。”狄公冷冷说道，“倪船主与那女子偷情，你自然知道得一清二楚。此处未曾挂牌，而你却纵容他人行淫，因此将会遭受鞭刑。”

妇人连连叩头，大声叫道：“老爷开恩，倪船主连鲍夫人的手都没碰过，民妇可以起誓！再说房内根本没有床榻之类的家什！老爷可去问那些丫鬟！她们进进出出送茶点，自会告诉老爷他二人只是坐着说话，有时下一盘棋——如此而已！”说罢涕泪交流。

“休得抽抽噎噎，且站起来！里长，你去问问几个丫鬟，看她说的可是实情！”狄公命罢，对那妇人又问道，“倪船主与鲍夫人来时，是否总要事先提醒你？”

妇人用袖口揩揩脸面：“回老爷，没有。倪船主何必如此呢？他明知姚先生从不会在午后过来。他二人总是分头进门，有时倪船主先到，有时鲍夫人先到。今日就是鲍夫人先进门，丫鬟引她走入常去的房内，以为倪船主过不多久便会出现，谁知这次却没见人来。”

鲍宽怒道：“他当然来过！只是你这傻瓜没看见罢了！他从窗户进入房内，然后……”

狄公抬手示意一下，对妇人又道：“如此说来，你并没看见倪船主。就在鲍夫人进门之前或之后，可有其他访客来过？”

“回老爷，没有。应该说有……不过是个穷姑娘，就在鲍夫人前头来过。由于她是个瞎子，我就……”

“你是说一个盲姑娘?”狄公厉声喝问道。

“正是，老爷。她穿着一身朴素的褐衣，看去很旧，但说起话来斯文有礼，道是某天晚上本应与姚先生会面，却未能践约，特意前来致歉。我问她是不是那个常给姚先生卖蛐蛐的姑娘，她说正是。”

妇人说到此处，忽然住口不语，转头朝月洞门投去惊恐的一瞥。

“关于那盲姑娘，你还知道些什么事，统统道来!”

“回老爷，民妇记得姚先生确实等过一阵子，还对我说那姑娘一旦有好蛐蛐要出售时，以前曾去他家中，不过今后会到这里来，还吩咐我在楼上预备一间屋子。老爷明鉴，那姑娘虽说瞎了两眼，模样儿却生得很俊俏，且又知书达理。姚先生一向口味很杂……”妇人说到此处，耸耸肩头，“无论如何，那天晚上她并没来，姚先生与宅内另一个姑娘过了一夜。”

“明白了。你告诉那盲姑娘姚先生不在家时，她听罢可否立即离去?”

“不是，老爷。我二人站在门旁说了一会子话，她对我道是除了来看姚先生，还想在附近寻访一个女友，不久前刚刚入了一家私人行院，就在花塔寺背后这一带。我说她必是弄岔了，因为我从不知附近有类似的所在，还对她说：‘去后面那家妓院里试试吧，姑娘。’凡有女子入行，总是对朋友说进了一家私人行院，多少好听一些。我引着那盲姑娘一直走到后门口，又解说了一番如何去那家妓院。”

忽见珠帘一动，却是里长走入，两名衙役跟随在后，当中夹着倪船主。鲍宽正欲站起，狄公却伸手按住他的胳膊，问道：“里长，此人是在何处被捉住的？”

“回相公，他坐着一乘轿子过来，还带着两个朋友！居然没事人似的大模大样直往里走！外头还有捉他的差票哩！”

狄公徐徐说道：“倪船主，你为何来到此处？”

“回相公，我与一个熟人有约，本应早些来到此处，不料半路上遇到一个朋友，还有一个曾经相识的船主。我们三人小酌了几杯，叙些旧事，等我回过神来，发觉时候已晚，于是叫了一乘小轿，那两个友人也陪我一同前来，希望走这一趟能醒醒脑。我看见几名衙役站在门旁，莫非出了什么事故？”

狄公并未立即答复，先对里长问道：“去问问那二人，这一番说辞是否属实！”随后又对倪船主问道，“你来此处要见的熟人是谁？”

“回相公，我宁可不说。实是姚先生这里的一个姑娘。

我以前与她十分相熟，那时姚先生还不曾……”

“这些谎话大可不必再说。她已被人害了性命，就在你们时常会面的茶室内。”

倪船主面上失色，想要发问，瞥了鲍宽一眼，又住口不语。众人默然许久，一时颇为尴尬。鲍宽怒视了倪船主半日，正想开口时，却见里长走入，对狄公禀道：“回相公，那二人证实倪船主所言属实。我已问过丫鬟，这妇人说的也俱是实情。”

“好。你带倪船主去乔统领处，他自会道明原委。两名衙役回去守在门外！”

待这几人离去后，鲍宽一拍桌案，大声抱怨几句，却是语无伦次、贯穿不得。狄公断然说道：“鲍刺史，尊夫人死于误杀。”

“误杀？”

“正是。就在尊夫人到来之前，那盲女刚刚来过。她一路被人跟踪至此，或是一人，或是一伙，想要取她性命。那伙人一见她进了这家院落，便开始四处搜寻如何能悄悄潜入。就在这时，盲女已从后门出去，而尊夫人则由丫鬟从前门请入。尊夫人的衣着打扮，与那盲女几乎一模一样。刺客从窗外朝茶室内窥望时，看见尊夫人背对窗户而坐，便将她误认作是盲女，于是跳进室内，从背后勒死了她。”

鲍宽面带疑色听了半日，此时缓缓点头，忽然说道：“贱内曾见过那卖蛐蛐的女子！那盲女定是与凶手一伙的！她来此处是为了引开管事妇人的注意，好让那些恶徒有机会下手！”

“这倒也是一种说法，本官自会记在心里。鲍刺史最好转回家去，如今你已明白，尊夫人从未欺骗过你。倪船主是她年少时的友人，他二人交情未断，虽非明智之举，但也并未玷辱鲍家门楣。再会了！”

鲍宽木然说道：“她已离开人世，就这么去了。她还正值盛年，又……”说到此处，语声窒塞，迅速起身离去。

狄公看着鲍宽佝偻的背影，暗自决意务必不让他知晓其妻曾与曼苏尔有过一段孽缘，又心中漫想一个出身名门的汉家闺秀，为何竟会爱上一个大食人，随即努力整顿心神，见那妇人仍旧立在一旁，又厉声喝道：“可有其他外路女子曾来过这里？包括大食女人在内。从实招来！”

“回老爷，没有，民妇可以对天发誓！姚先生有时会将院内常住之人更换一二，不过……”

“好。本官自会去问他。他以前带来的客人中，你可曾见过一个高大英俊的北方男子？”狄公随即形容了一番柳道明的样貌，妇人听罢连连摇头，道是姚泰开的朋友全是粤人。

狄公起身离座，朝月洞门走去。姚泰开看见狄公出来，连忙又从座中跃起。

“你且出去，在官轿里等着。”狄公对姚泰开说罢，朝茶室走去。

倪船主正与乔泰陶干叙话，地上的死尸已被移走。陶干急急说道：“启禀相公，凶手是从屋顶下来的！这扇窗户旁边有一棵大树，直伸到二楼屋檐处。我看见有几根树枝刚刚折断不久。”

“如此一来，全都对上榫了！”狄公说罢，对倪船主又道，“鲍夫人被劫匪所杀，你与她的来往终以悲剧收场——迟早也会如此。与一个已婚妇人保持友情，向来绝无益处。”

倪船主镇定说道：“相公明鉴，此事有所不同。她的丈夫对她不理不睬，且又无子女。并无一人可与她倾心交谈。”

“除了她那双目失明的女友。”狄公冷冷说道。

倪船主面露茫然之色，摇一摇头：“回相公，她从未对我提起过那盲姑娘。不过相公说得没错，我理应对所有这些事负有责任。几年前，我们一时糊涂，争吵了一回，我便抛下她出海远航，以为过几个月就会回来。谁知遇上坏天气，在南海的一个岛上沉了船，一年过后才返回广州。她对我已然死心，嫁给鲍刺史为妻，不久她姐姐亡故，自己婚后过得又不称心，于是被曼苏尔轻易俘获。她想要与我商议，我心想姚泰开的私宅是个最保险不过的地方。曼苏尔敲诈她，并且……”

“如曼苏尔那般的富商，为何要敲诈勒索？”

“回相公，因为曼苏尔当时急需现钱，哈里发已籍没了他的全部家产。当曼苏尔发觉是我付的钱时，便得寸进尺，索要更多，因为他知道我有波斯血统。他痛恨所有的波斯人。”

“说到波斯人，你家中那两个孪生姐妹的父亲是谁？”

倪船主迅速打量了狄公一眼，耸耸肩头：“回相公，我也不知。我本可以查明此事，不过即使如此，也不能令她们的母亲死而复生，并且不会带给她们一个真正的父亲。”说罢对着窗前的空地漫漫注视半日，又沉思说道：“她是一个性情古怪的女子，极易激动，又极其敏锐善感。[1] 我们彼此会面交谈，在我看来对她十分重要，她……”说到此处戛然而止，口唇痉挛抽动，拼命想要抑

---

[1] 此句不见于荷文本。

制，却终是枉然。

狄公转头对乔泰陶干说道："我这就回节度使府去，先与姚泰开谈一谈，然后用膳。你们两个吃过晚饭后便去府里，还有很多事要议论。"

乔泰陶干送狄公出门上轿，过后复又转回房中。

乔泰对倪船主怒道："我今天早早起床，吃过两块油糕。不但没用午饭，头上反而挨了一棒。如今急需好好吃一顿饭，再喝上一大壶好酒。我请你也同去，只要带路抄近道去一家最近的饭馆就成！"

倪船主感激地点点头。

十七

狄公一路默默不语，兀自沉思。姚泰开愈发惴惴不安，不时朝狄公偷窥一眼，却始终不敢率先开口。

官轿到达府内，狄公带着姚泰开径去自己住处的厅堂。姚泰开见此间十分阔大，显然颇为震惊。狄公在书案后方落座，示意姚泰开坐在对面。管家送上茶水，又悄然退下。狄公定定注视着姚泰开，目光阴郁，缓缓喝完一杯茶，放下茶杯，忽然开口问道："那卖蛐蛐的盲姑娘，你是如何认识她的?"

姚泰开惊恐地瞥了狄公一眼，"回相公，很是稀松平常！小民曾在集市里遇见过她，只因颇为喜好斗蛐蛐，立刻便发觉她对蛐蛐的见识极广。以前她每每找到难得的佳种，总会送去敝宅。不过，近来我打算让她送到我的……私宅更为……更为妥当。"

"明白了。她住在何处?"

"回相公，小民从没问过！再说也不必问。我刚刚说过，她总是去……"

“知道了。她叫什么名字？”

“回相公，她自称名叫兰莉，姓氏却是不知。”

“你是想告诉本官，对于自己的一众相好，你居然除了她们的芳名，其他一概不知？”

“相公明鉴，她可不是小民的相好！”姚泰开愤然叫罢，思忖片刻，又歉然说道，“小民承认也曾暗自盘算过一二回。不瞒相公说，她极为知书达理，生得也很俊俏，且又双目失明，看去更是与众不同，我……我……”

“够了。她碰巧与新近发生的一桩罪案有所牵涉。”狄公冷冷说罢，见姚泰开意欲发问，抬手示意他住口，“此女还卷入了鲍夫人被杀一案，因此本官正派人追踪她，一旦被捉住，本官自会查证你的供词。如今且去写下你那幢私宅中所有女子的名姓与其他详情，想必你知道的，总不会仅止于各人芳名吧？”

“这个自然，相公！”姚泰开谄媚地说罢，拣了一支毛笔。

“好，本官即刻便回。”

狄公起身离座，直走到前厅内，对管家命道：“告诉本官的四名密探，等姚泰开出门离府后，务必紧紧盯住他。若是他去了花塔寺附近的一家私人行院，须得立即前来回禀；若是他出去见一个盲女，便将二人一齐捉住，并带回此处。无论他去哪里，都要一路盯梢，一旦有了新消息，必须立时前来告知本官。”

狄公重又走回大厅，看过姚泰开写下的名录，告诉他可以离去。姚泰开似是长出了一口气，依命退下。

狄公叹息一声，叫来管家，命他送晚饭来。

乔泰陶干走入大厅，见狄公正立在窗前乘凉，便上前请安问好。狄公在书案后坐下，徐徐说道：“我对鲍宽讲过其妻死于误杀，果然不差。凶手意欲加害的，实是那盲姑娘。”

陶干听罢惊叫一声，狄公却未加理会，简述了一番在姚家私宅中得知的情形，接着又道：“盲姑娘显然在独自追查。正如我先前所言，柳大夫身亡时，她定是去过当场，却不知命案究竟发生在何处，疑心是在花塔寺附近的一家行院内，因此才会向姚宅鸨母打问。其同伙发觉她正在追查此事，于是决意要杀人灭口，雇用的刺客必是一个疍家人，因为又用了坠有银币的丝巾。至于姚泰开与那盲姑娘究竟是何关系，我们很快便会得知他口中所言是否属实。当他在晚饭前离开此处时，我已派人一路跟踪。他虽是个异常精明的商贾，但已被我吓得不轻，想必不敢立即与某个同伙联络。他明知我们想寻到那盲姑娘的踪迹，如此一来，若是他做过不法之事，或许会企图再次取那姑娘的性命。我知道她想要帮助我们，但是此案事关重大，故此无法虑及这介入其中的女子的安危——我们对她仍是一无所知。”

狄公住口不语，手捋髭须思忖片刻，又道：“乔泰，至于希图害你性命一事，我想不出曼苏尔如何会得知你要再去倪家。我命你前去只是一时起意，即使那两个大食人在你出门后一路尾随，他们又怎会有时间去报知曼苏尔，再经他指派并重返倪宅？而且目的何在？我们知道曼苏尔十分痛恨倪船主，但是这次下手显然是首先瞄准你来的。只为了结一场私人恩怨，竟用这杀人嫁祸的法子，未免太过匪夷所思。我担心背后另有许多隐情。”说到此处，对乔泰定睛打量一眼，“须得说那一对孪生姐妹很有胆量。既然她们救了你的性命，你最好前去拜访致谢，并送上一份像样的礼物。”

乔泰面露尴尬之色，低声咕哝道要先与倪船主商议，接着急急说道：“相公，若是今晚再无公事派给我们，我与陶干大可出去搜寻曼苏尔。我这头上肿起一个鸡蛋大的鼓包，自然乐意亲手捉住那歹毒的恶人！我们也会试图找到那盲姑娘。虽说众衙役正在寻这二人，不过我有自己的理由要捉曼苏尔，陶大哥则十分清楚那姑娘的样貌。”

“好。不过无论你们有没有斩获，在入寝之前必须来此一趟。我想朝廷的密信今晚应会送到，其中内容许是会关系到下一步如何行事。”

乔泰陶干躬身一揖，双双离去。

二人站在外面街中等待空轿时，乔泰说道：“我们寻那曼苏尔，只能全凭运气。再查一回蕃坊并无用处：他们已认得我，我们又不会说那该死的大食语，并且我想他不会藏在那里。我们可以前去码头，爬上大食货船搜一搜。你想想能去哪里寻那盲姑娘？”

“她不但躲过了衙役，还躲过了想要杀她的同伙，这就是说客店或临时住处都不必考虑。我想她定是藏在一间废弃的房舍中。她曾亲口说过自己对集市一带了如指掌，你我或可从那里着手，然后再打问附近哪些地方常有蛐蛐出没，她一定最为熟悉。”

“好个主意。我们先去集市。”乔泰说罢，叫住一乘路过的小轿，不料里面有人，于是手捻髭须又道，“陶大哥，你曾与那姑娘交谈颇久。虽说你对女人一无所知，但至少总可大致说说那姑娘是哪一类人物吧。”

“专惹麻烦的那一类。”陶干怒道，“不但给所有人招来麻烦，也包括自己在内，且又生性愚蠢——蠢成那样，就不该让她东游西逛、惹是生非！居然笃信人人都是好心肠，个个怀有好意——简直要命！但愿我不会变成一个假惺惺的伪君子！且看如今她干了什么，竟与谋害柳大夫的一伙人混在一起，谁知会给自己惹来什么祸事！或许还相信他们毒死柳大夫是出于好意，只当是喝下一劳永逸的醒酒汤哩。老天有眼！她自己不来见我并道出所有实情，却送给我一只吱吱乱叫的蛐蛐。”末了又愤愤说道，“若是我们找到她，我定要将她立时关入大牢，免得以后再惹出乱子来!”

乔泰淡淡说道：“陶大哥所言极是！瞧，有轿子来了!”

十八

集市西边的彩饰门楼前，乔泰陶干走下轿子。只见路人仍未散去，油灯与彩灯高照，四处一片通明。

乔泰抬头张望，看见一根长竿上挂着几只小笼子，止步说道:“前面有个卖蛐蛐的。我们且去问问他，附近有什么捉蛐蛐的好地方。”

“你指望他会告诉我们生意上的诀窍？他定会说是在上游一百里开外的山中捉到的，而且只能在满月后第三天！我们最好穿过集市，从南门出去，看看即将拆除旧房的那一片荒地。我当初遇见她就在那里。”

二人经过一个卖蛐蛐的货摊时，只听几声怒骂，紧接着又是吃痛不禁的叫嚷。二人排众入内，只见小贩狠狠揪着一个少年的耳朵，甩过一记耳光，喝道:“你这懒骨头，快去找回那些丢掉的笼子!”说罢踹出一脚。

“跟上他!”陶干低声说道。

在下一条过道中，少年兀自捂着两耳蹒跚而行。陶干走上前去，拍拍他的肩头，说道:“你那东家是个一等一的无赖，就在六七天前，骗去了我一锭银子。”

少年揩揩泪湿的面颊，陶干又道：“我和这位朋友今晚想捉几只上好的斗蛐蛐。你既是行家里手，能不能说说该去哪里？”

“要捉好的斗蛐蛐，新手可做不来。”少年郑重说道，“它们时常换地方。就在几天前，你还可以去关帝庙附近碰碰运气。很多人仍去那里，不过根本没用！我们内行都知道的。如今你应去贡院才对！”

“多谢多谢！明天早上，你拿一只蜈蚣，放在你那东家的靴子里，定会给他一个惊喜。”

陶干引着乔泰朝集市东门而去，懊悔说道：“我本应早些想到！朝东再走两条街就是贡院，占去了好大一片地方。秋闱开场时，全州各地的生员都要来这里赶考，里面有几百间号房，此时全都空着——真是个藏身的好去处！还可捉几只好蛐蛐拿去卖钱哩！”

“贡院难道无人把守？”

“应是有人看门，不过也不会十分上心！游民和叫花子都不敢去那里遮风避雨。莫非你不知道贡院里经常闹鬼？”

“老天，一点不错！”乔泰叫道。每年举国上下开考时，总会有许多穷书生自寻短见。他们日夜苦读经籍诗书，为了不致中断学业，时常典当家什或是借高利贷。生员一旦中举，立时便会被授予官职，所有的麻烦也都迎刃而解；然而若是名落孙山，再苦读一年已是最好的结果，时常会弄得债台高筑，有时竟被视为奇耻大辱。生员进了号舍，将要被关上整整一天，看到试题难以应对，有人便心灰意冷，以至于当场自尽身亡。乔泰想到此处，不觉放慢脚步，停在一家货摊前，买了一盏小灯笼，对陶干低声说道："里面定是一团漆黑！"

二人出了集市东门，走不多远，便已来到贡院。

一道实墙横贯整条大街，街中一片漆黑，阒无人迹。绕过转角处，只见一座高大的红色门楼，乃是唯一的入口。双扇门虽则紧闭，窄窄的侧门却是半开半掩。乔泰陶干走入院内，瞧见看门人住处的窗口透出亮光，于是悄悄溜过，疾步踏上横穿整个贡院的南北甬道。

模糊的月光下，甬道直直朝前延伸，看去就像印模一般。两旁皆是一模一样的门板，每间号舍内只有一张小桌和一把椅子。开场的当天早上，每个生员带着食盒入内，浑身上下先要被搜查一遍，看是否藏有夹带之类，然后发下卷纸，门上贴一封条，直到黄昏时才可重新开启，写完的试卷将被收去。秋闱开场时，此处一片热闹，此时却如坟地一般寂静。

乔泰见四下里气氛诡异，心中颇为不喜，焦躁地问道："我们究竟要查看多少间该死的号房？"

陶干欣然答道："总有好几百间！不过，我们先弄清这里的格局究竟如何。"

二人走在空寂的过道中，细看房门上标的数目，很快发觉几排号舍组成一个四方形，正中央是一个砖石铺地的庭院，建有一座宏伟的二层房舍，正是大堂，所有考官齐集此处判卷并点评。

陶干停住脚步，抬手一指大堂，说道："比起那些狭小的号房来，藏在那里岂不更好！里面还有许多桌椅长榻等家什！"

乔泰并未答言，只顾盯着二楼东边角落处一道突出的阳台，此时低声说道："嘘！我看见那边有东西正往上爬！"

二人凝神观望半晌，只见阳台外面装有雕花繁复的槅扇，露出小小一个窗口。星光闪烁的夜幕中，清晰地映出一角飞檐，然而未见有一丝动静。

二人快步穿过庭院，走上汉白玉石阶，靠近大门站在檐下，免得被人从上方看见。陶干见门未上锁，便小心推开，走入黑漆漆的大堂。

乔泰低声说道："我来点起灯笼，有亮光并没甚要紧；

不过她的耳朵很灵，你我须得当心!”

灯光中浮现出八角形大堂，看去十分轩敞。后墙处有一高台，犹如宝座一般，主考官正是在彼处宣布结果。上方悬有一块硕大的朱漆木匾，刻有“激流勇进，终登禹门”八个大字——意为考生若能效仿鲤鱼力争上游的毅力和勇气，就会跃过龙门、科场得中。大堂两旁各有一道楼梯，二人从右边上去，心中盘算着定可走到二楼东边角落处。

不料楼上的格局并不像底层那般对称，却是环形，至少有八个窄窄的门洞。陶干辨识一下方位，拽着乔泰走入右手边第二个，却只看到尽头处有两间积满尘土的空房，于是转身跑回，行动时悄无声息，又拐入下一条过道中。陶干缓缓推开尽头处的房门，发觉身在一个小小的阳台上，三面敞开，右边正是曾在下方看见过的带槅扇的阳台，中间相隔大约一丈五尺。隐约可见一个女子弯腰坐在桌前，似是埋头读书。

陶干凑近乔泰耳边，低声说道:“就是她！我认出了她的侧脸!”

乔泰咕哝一句，手指下方几排号舍，当中横贯着几道白色砖石铺成的过道，哑声低语道:“有个小小的黑东西正沿着号房朝左移动，过后又是一个。它们没有腿，只有蜘蛛一样的长胳膊!”说罢紧紧抓住陶干的手臂，又道，“忽然在暗处消失不见。我跟你说，它们不是人!”

陶干低声回道:“必是月光底下看花了眼！我们去寻那姑娘，她可是个大活人!”说罢转过身去，就在此时，只听一声巨响，却是衣襟挂倒了角落处一盆带刺的蔷薇。

二人重又跑回室内，在环形大厅里略停片刻，并没听见或看见任何东西，于是奔入下一条过道，却见尽头处有一间小小的书房，不禁咒骂一声，转头奔回，又拐入第三条过道，走到头果然是带槅扇的阳台，但那女子已不见踪影。

乔泰跑回大厅，奔下楼去，满心希望能追上逃走之人。陶干迅速打量一眼这间小房，见有一张窄窄的竹榻，上面放着一床夹被，叠得整整齐齐。桌上放着一只银丝小笼，陶干刚一拿起，里面的蛐蛐便吱吱叫起来，随即重又放下，拈起旁边两页折叠的纸张，走到窗前一看，却是两幅地图，一幅画着珠江湾，另一幅则是怀圣寺附近的番坊，乔泰住的五仙居用红点标出。

陶干将地图与笼子一齐纳入袖中，走回大厅。乔泰奔上楼来，一路气喘吁吁，恼怒地说道:“老兄，我们都被她骗了！后头的门半开着。一个瞎子怎能跑得恁快?”

陶干默默取出两张地图，给乔泰看过，怒道:“一个瞎子怎能琢磨地图？无论如何，我们赶紧下楼去四处瞧瞧。”

“好。我们捉不到那姑娘，不过我想再瞧瞧那些会爬的黑家伙，看去好生古怪，只为证实我的眼睛并没毛病!”

二人下楼走入庭院，顺着号舍中间的过道行至东边，不时推门看看，然而黑暗的小房内只有桌椅。忽听一声低低的惊叫。

“在下一排!”乔泰吼道。

二人全速疾奔，乔泰跑在陶干前头，闪电般地绕过拐角。大约在过道中间，有一扇房门半开，传来椅子翻倒的声音，随即又是一声女人的尖叫。乔泰跑到门口，叫声戛然而止，正要推门时，只觉喉头处被一条滑溜溜的丝绸紧紧套住。

乔泰不愧武艺高强，猛一低头，将下颏压向前胸，绷紧颈部肌肉，同时全身朝下一沉，两手触地，迅速翻滚一下。那偷袭者仍贴在他的脊背上，这一招正是对身后之人的致命反击。乔泰用全身分量将那人压在下面，只觉咽喉处一阵剧痛，就在这时，听见一声骨头断裂的闷响，勒在颈上的丝巾变得松弛。

乔泰立时站起，从颈上扯下丝巾。这时从对面房内又奔出一个小矮人，乔泰想要擒住对方，惜哉迟了一步，正要跑去追赶时，忽觉右臂被猛地一拽，立时止住脚步，原来是被一根蜡线套住，拼命想要松开时，那矮小的黑影已消失在过道尽头。

“对不住!”陶干在背后喘息说道，“我本想甩出蜡线，套在那人的头上!”

“你这手艺可是荒疏了，陶大哥！那狗娘养的跑掉了。”乔泰说罢，恼火地看着丝巾，摸摸系在一角的银币，然后纳入袖中。

一个窈窕的身影从房内走出。乔泰只觉两条柔滑的裸臂环住自己的脖颈，一颗带卷发的脑袋靠在胸前，又有一个女子从身后的号舍里出来，手中提着扯破的长裤。

“我的天!”乔泰叫道，“这淘气的姐妹俩!”

丹娅放开乔泰。陶干举起灯笼，亮光下浮现出两张苍白的俏脸，上身裸露，显出几处青紫瘀痕和流血的伤口，看去颇为触目。

丹娅哽咽说道：“那些恶鬼想要侮辱我们!”

“而且还并非同在一室!”乔泰说着咧嘴一笑，“这下就不会成为共同的回忆了！快说，你二人怎么会到这里来?”

达娜揩揩脸面，大声说道：“都怪她！非得挑唆我来!”说罢对着珠泪涟涟的丹娅怒视一眼，又急急叙道：

“晚饭时，主人没见回来，我俩就打算去集市里吃一碗面。过后她说这贡院里有鬼，我说没有，她非说有，还说我不敢进去。于是我俩就来这里，溜过看门人的住处，瞧瞧头一条过道，正想从这阴森可怖的地方跑出去，那两个吓人的矮子不知从哪里冒了出来，一路紧追。我们撒腿就跑，奔进这号房里，但他们硬是把门撞开，一人拖着丹娅去了对面，另一人将我仰面朝天按在桌上，又动手撕扯我的裤子。”说话时用两手拢紧破裤，得意地又道，“他凑上来想要亲我，我就拿大拇指戳进了他的左眼。”

“他们嘴里一直叽里咕噜的，说的话好不难听！肯定不是人！”丹娅泣诉道。

陶干已查看过横躺在门外地上的刺客，此时说道：“他的脊骨已断，足见确实是人。”

乔泰见那死者脸面枯瘦，颧骨高耸，鼻梁扁平，额头低矮且布满皱纹，心中憬然有悟，对陶干说道：“这是一个水上人。他们又来跟踪盲姑娘，本来可以爬上那边的阳台杀人害命，但是一时动了色心，把事情搞砸了。如今我们且送这两个胆大包天的姑娘回家去！”

二女走入房内，重又出来时，已穿上印花外褂和长裤，看去体面了许多，乖乖跟在乔泰陶干后面，直朝看门人的住处走去。

乔泰上前叩门，过了半日，看门人方才伸头出来，看去睡眼惺忪。乔泰亮出自家身份，命他在自己走后立刻锁起大门，再等衙役前来搬运一具死尸，又讥讽地说道："我说的可不是你！"

众人顺着大街朝南而行，走不多远便行至倪宅。

倪船主亲自出来开门，看见姐妹二人，长出了一口气，说道："老天保佑！你们又出去作甚？"

二女扑进倪船主怀里，急急诉说起来，乔泰心想应是波斯语。

"船主带她们上床去吧！"乔泰说道，"她们差点就失去了所谓的处子之身。你最好今晚亲自上阵，务必一举消除这一隐患！"

"好个主意！"倪船主说着，对二女投去爱怜的一笑。

"祝你走运！不过，看在老天分上，别让她们摇身一变后从此娇纵起来！我的结义兄弟，也是认识最久的朋友，就娶了一对孪生姐妹。他以前拳术出众，且又喜好酒色，如今变成了什么样子，陶干？"

陶干撇一撇嘴，凄然摇头。

倪船主好奇地问道："他出了何事？"

乔泰郁郁答道："他失掉了英雄气概。后会有期！"

十九

乔泰陶干回到节度使府。厅堂内点着两盏硕大的银烛台，狄公正坐在书案后方埋头书写，眼见二人衣着凌乱，不禁搁笔在案，吃惊地问道："你们两个去了何处？"

二人分别坐下，讲述了一番在贡院中发生之事。狄公听罢，拍案喝道："匿家刺客，大食歹徒，这各路恶人似是都在此城中四处游走！翁健的手下到底在作甚？"随即抑住怒气，声调稍稍和缓，"陶干，给我瞧瞧那两张地图！"

陶干从袖中摸出蛐蛐笼子，小心翼翼放在桌案边沿，又取出地图展开。笼中的蛐蛐开始鸣叫，声音尖锐悠长。

狄公愠怒地瞥了笼子一眼，转而凝神打量起地图来，缓捋颊须，细细看过，抬头说道："这些地图很是老旧；这张番坊图绘于三十年前，当时大食船刚刚开始定期驶来，不过画得相当精准，至少在我看来如此。乔泰住的五仙居却是新近才添加上去的，且用红点标出。盲姑娘比你我更为心明眼亮哩！那虫子好生聒噪，陶干，你能否让它不要出声?”

陶干将小笼纳回袖中，问道:“相公，跟踪姚泰开的人可曾回来过?”

“没有。京城的密信也尚未送到，如今已将近午夜!”狄公说罢，面色阴郁，默然不语。

陶干起身沏茶，三人正在啜饮时，只见管家带了一人进来，身材瘦削，穿一件简素的蓝袍，头戴一顶便帽，髭须灰白，宽阔的双肩看去颇有军人气度。管家离去后，来人禀道:“姚先生径直回家，在花园凉亭内独自用过晚饭，然后进到内宅。我等问过姚家女仆，得知他召来四位夫人，责备她们整日懒惰、无所事事，又骂大夫人应为此负责，命丫鬟们脱下她的裤子，亲手杖责了一回，又叫来六名小妾，告诉她们月钱减半，最后回到书房里，独自喝得大醉。听管家说他已睡熟，小人便回来禀报相公。”

“有没有关于曼苏尔的消息?”

“回相公，没有。他定是藏在了城外某处，我等已细细搜过番坊，众衙役也查过了所有下等客栈。”

“好，你且下去。”

那人走后，乔泰冲口叫道:“姚泰开竟如此阴狠刻薄!”

“性情算不得和悦，且又十分精明。他显然已料到我会派人盯梢。”狄公说罢，揪一揪长髯，忽对乔泰问道，“倪家的两个小女奴可好?”

“还好，她们逃过了一劫，吓得战战兢兢!”乔泰说着咧嘴一笑，“不过，如今她们已不再是奴仆，也不再是小女子了——若是我对情势估计不差的话。不知为何，我心觉老倪忽听旧情人被杀，自是震惊不已，一旦稍稍缓过劲来，忽觉这一段发情止礼、无亏名节的来往持续多年之后，已是消磨得所剩无几——即使像他那样一个信奉神秘之事的人！既然他从此放下牵绊，不妨重新思量一番对姐妹俩的慈父之情，更何况那两个丫头也巴不得如此哩!”

陶干听狄公问起二女，不禁好奇地抬眼一瞥，此时发问道:“相公，那姐妹二人可与曼苏尔的案子有所关联?”

“并非直接相关。”

“她俩怎会牵涉进来，即使不是直接……”乔泰惊问道，狄公却抬手示意住口，转而指向门口。只见管家引着两名军官进来，皆是全身披挂，头戴尖盔，身穿黄铜镶边的锁子甲，可知乃是骑兵百长。二人向狄公直挺挺地行过礼后，年长者从靴筒里抽出一只密密封起的信袋，恭敬说道:“我二人奉了朝廷之命，由一队骑兵护卫，特将此信送来。”

狄公在回执上署名盖印，谢过两名百长，又命管家好生招待这一行人，备下丰盛的饭菜，再安排合宜的住处。

狄公撕开封口，取出长信来细读，面上忧色甚重，乔泰陶干焦急地从旁观望。狄公终于抬头说道："如今大事不好。圣上病情加重，御医担忧即将龙驭上宾。武后正拉拢一干权臣，希图拥立摄政，朝中一切大权将归太后所有。朝廷坚称柳大夫失踪一事必须立即昭告天下，并任命他人接替，否则皇室将无人重整旗鼓。如今哪怕稍有延误，后果都将不堪设想，因此朝廷命我放弃搜寻柳大夫，尽快返回京师。"说罢将信纸撂在案上，从座中一跃而起，恼怒地甩甩长袖，在地上团团疾走。

乔泰陶干郁郁相望，皆是无言以对。

忽然，狄公在二人面前止步，决然说道："我们只有一计可行，实是没办法的办法，不过眼下情势实在紧迫，也只得如此了。"说罢重又坐回原处，两肘据案，接着命道，"陶干，你去专刻佛像的匠人那里，买一颗木制的男子头颅，今晚必须高高钉在县衙门口，使得站在下方时，看不出是个假人头来，下面再贴一张告示。我这就亲自拟出。"

乔泰陶干十分惊讶，连连发问，狄公却不加理会，提笔蘸墨，一挥而就，随后靠坐在椅背上，出声念道：

“大理寺卿狄仁杰，今巡按广州，查得一尸，乃是一名朝官，犯下谋反大罪，被朝廷重金悬赏，故从京师逃逸至此。验尸后证实此人系被毒杀，如今依律分尸，枭首示众三日。若有人曾杀叛贼，见此告示，可亲去大理寺卿处报知，并领取赏金五百两，之前若有作奸犯科之举，一概免除刑罚，唯死罪不在此列。”

狄公将纸张抛在案上，又道：“主犯自然不会中计。我指望他的汉人打手会冒出来，比如那两个假扮衙役、将柳大夫的尸身抬去花塔寺之人。若是今晚挂出首级，告示也贴遍全城，明日一早有人看到，很可能就会奔来官府领赏，其主使纵然想警告手下不可中计，也已来不及了。”

乔泰面露疑色，陶干却点点头，欣然说道：“这是唯一速战速决的法子！主犯必有至少十来个帮手，五百两黄金，他们卖命五百年也挣不到哩！定会有人火速前来，想要抢在其他同伙之前领取赏金！”

狄公疲惫说道：“但愿如此，无论如何，我能想到的最上策便是如此。且去着手办理吧！”

二十

黎明时分，阿訇在宣礼塔顶端大声召唤信徒们礼拜。乔泰被这声音唤醒，抬手揉揉两眼，昨晚睡得不甚好，此时只觉脊背酸痛，又摩挲几下红肿的喉头，喃喃自语道："对于一个四十有五的壮汉来说，打一架又迟睡也算不得什么，兄弟!"随即裸身下床，推开窗户。

乔泰端起茶壶，就着壶嘴灌下一大口温茶水，漱了几下，吐在瓷盂内，重又躺倒在板床上，心想不妨再小憩一阵，然后前去节度使府。

乔泰刚刚蒙眬睡去，却被叩门声吵醒，不禁恼怒地大声说道："滚开!"

"是我！快开门!"

乔泰听出是祖母绿的声音，不禁咧嘴一笑，从床上一跃而起，匆匆套起裤子，拉开门闩。

祖母绿闪身入内，回手关紧房门。只见她全身裹在一袭长长的蓝布斗篷里，双目灼灼生光，看去愈发美艳动人。乔泰将仅有的一把椅子推给她，自行坐在床边，尴尬说道："想不想喝杯茶？"

祖母绿摇摇头，一脚踢开椅子，不耐烦地说道："听着，我所有的麻烦都已了结！你不必再带我去京城，只需带我去见你家主公即可，立时便去！"

"去见我家主公？这是为何？"

"因为他许下了一大笔赏金！我听见渔夫对花艇上的人大呼小叫，他们已看见了贴在市舶使院大门前的告示。我并不知道柳大夫曾卷入这般勾当，还以为他来广州只是为了我哩。不过这些都已无关紧要，要紧的是我可以去领那赏金，因为毒死他的人正是我。"

乔泰骇然叫道："你？你怎么会……"

"我自会道出其中缘故！只为让你知道为何必须带我即刻去见你家相公，再替我美言几句。"祖母绿断然说罢，脱去斗篷，随手抛在地上，里面只穿了一件透明丝裙，曼妙玲珑的全身一览无余，接着叙道，"大约一个半月前，我与主顾在光孝寺附近的宅子里过夜，早起正要离去时，他说花塔寺内今日逢节，我不妨在回去的路上顺便走一趟，好为他祈福祝祷——这混账东西！我果真去了寺内，在观音像前焚香时，忽觉身旁一个男子正直盯着我。他身材高大，仪表堂堂，虽然衣着简素，却分明有种官家气派，开口询问为何一个大食女子要来参拜汉人的观音。我回答说并无多少女菩萨可以保佑一个女子，他听罢哈哈大笑，然后与我长谈了一番。我立时便知道，这就是我一辈子梦寐以求的男人，待我就像对待一位真正的贵夫人一样！我也像年方二八的黄毛丫头一般，对他一见钟情！我看出他也对我有意，于是请他去宅内喝一杯茶。那宅院离花塔寺的后门很近，我知道主顾已经离去。至于后来发生的事，不说你也想得出来。完事之后，他说自己不但尚未娶妻，而且以前从未与哪个女人同床共枕过，不过这些都不打紧，皆因如今已遇见了我。过后他又说了许多动听的情话，然后告诉我他便是当朝御史大夫！我道出自己的难处，他答应替我弄到汉籍，并付钱给我的主顾清账，过上几天，他必须离开广州，不过自会回来接我，再带我一起同返京城。”

祖母绿轻抚云鬓，面上浮起一丝笑容，似是在悠然回想，“我告诉你，我们一同度过的那几天几夜，是我平生最快活的日子！想想看，我以前曾与不知多少男人睡过觉，如今却像情窦初开的少女一般痛苦难耐！当他即将转回京城时，我一时糊涂，竟然醋意大发，于是就像傻瓜一样，生生把事情弄糟了！”说罢略停片刻，用衣袖揩揩汗湿的额头，一把抓起茶壶，就着壶嘴喝了一口，又木然叙道，“你想必听说过，我们水上人会炮制各种古怪的药丸或药水，还有春药和毒药，这些药方在我们疍家女人中世代相传。我们有一种特殊的毒药，专为情郎预备，一旦怀疑他们口称要外出远行、实则想抛下我们一去不返时，就给他们暗中服下，若是如期归来，便投以解药，而他们永远不会知道曾经发生过何事。我问柳大夫几时回来接我，他说半月之后必归，绝无虚言。我们最后一次见面时，我将毒药放入他的茶水中，若是他在二十天内服用解药，便会安然无恙，若是他欺骗了我，从此一去不回，我就要让他情债命偿。

“半个月过去了，然后又是五六天。那一阵实在难熬……我日夜寝食不安……二十天之后，我整天神思恍惚，只知道翻来覆去地数日子……又过了五天，他居然来了，一大早登上花艇，说是在京城中有要紧公事耽搁了几日，两天前才到广州，来时完全隐姓埋名，只带着一个姓苏的朋友同行。他须得先见过几个相熟的大食人，晚两天再来找我，且又觉得身上不适，想要稍事休息一二，不料越来越糟，故此今日带病前来，希望有我从旁陪伴，当会好转起来。我一听急得发疯，因为那些解药并不在身边，全都被我藏在光孝寺旁边的宅子里。我叫他立即随我过去，刚一入宅，他立时昏倒在地。我将解药灌入他的喉咙，奈何为时已晚，两刻钟过后，他便一命归西了。”

祖母绿紧咬双唇，定定凝望着外面鳞次栉比的屋顶。乔泰听得目瞪口呆，已是面无人色。只听她又徐徐说道："当时宅内再无一人，我那主顾甚至连女仆也不曾预备一个。我跑去找到主顾，道出所有情形，他只是微微一笑，说自会料理一切。那厮心知从此以后便可对我任意摆布，我这身份卑微的贱民，居然谋害了御史大夫的性命。若是他告发出去，我就会被活活大卸八块！我对他说若是柳大夫当晚未回客栈，苏学士便会放心不下。他又问苏学士是否知道我与柳大夫的情事，听我说并不知情后，便一口应承必不会让苏学士惹出乱子来。"

祖母绿深吸一口气，斜眼一瞟乔泰，接着又道："若是你带我去京城，我必得冒些风险，看主顾能否守口如瓶。他在京城里并无靠山，而你却是个禁军统领。若是他泄露秘密，你也可把我藏在他们捉不到的地方。但是如今事事都已变得再好不过。你家相公宣布说柳大夫是个叛贼，如此一来，我不但没犯下罪过，反而为国立了大功。我会告诉他若是能替我弄到汉籍，并在京城里置一所舒适的小宅院，他就可自留一半赏金。你穿上衣服，这就带我前去！"

乔泰骇然注视这刚刚判了自己死罪的女人。只见她背对窗户而立，绯红的霞光照射进来，映衬出绝妙的身形。乔泰忽然于意念中看见了清晰而可怖的一幕——黎明时分的法场上，这玲珑柔媚的玉体残毁在刽子手的刀下，随后又被分尸……乔泰打了长长一个冷战，魁梧的身躯震颤不已，缓缓站起身来，立在艳光四射的祖母绿面前，发狂般地想要设法救出她，设法使得……

祖母绿忽然惊叫一声，猛地扑入乔泰怀中。乔泰差一点踉跄跌倒，伸手抱紧那柔软的腰肢，低头吻住两瓣丰唇。就在此时，却见她双目变得呆滞，口角抽动，鲜血从嘴里涌出。乔泰只觉有什么物事滴落在搂住她后背的手上，触感温热，心中不免疑惑，摩挲她的肩头时，手指触到了一根木柄。

乔泰定定立在原地，怀中抱着垂死的祖母绿。她的丰胸抵在自己胸前，温热的两腿紧贴在自己腿上，并能感觉到她的心跳，正如上次在花艇里将她搂在怀中一般，直至蓦然止息。

乔泰将祖母绿平放在榻上，从她背后拔下飞镖，替她轻轻阖上两眼，再揩去面上的血迹，此时心中一片冰冷麻木，遥望着外面大食房舍平平的屋顶，只觉头晕目眩。当她立在窗前时，对于掷飞镖的熟手而言，定是一个极易射中的靶子。

忽然，乔泰发觉身旁的死者，竟是自己今生唯一挚爱，唯一全心恋慕过的女人，想到此处，不禁双膝一软，跪在榻前，埋头伏在那一丛卷曲的长发里，迸发出古怪而无声的哭泣。

许久过后，乔泰方才立起，拣起蓝布斗篷，盖在祖母绿身上，低声说道："对于你我二人，情爱便是死亡。头一次遇见你时，我便已知道。就在那时，我看见了沙场，闻到了令人晕眩的血腥气味，还有鲜红色在流淌……"

乔泰对着祖母绿的尸身注视良久，随后锁起房门，顺阶而下，直朝节度使府走去。此刻时辰尚早，灰蒙蒙的街中少有行人。

管家道是狄公仍在自己的卧房中。乔泰行至二楼，坐在前厅内一张长榻上。狄公听到动静，掀开门帘，仍旧穿着睡袍，头上未戴帽子，手中握着一柄发梳，显见得正在梳理长髯，见乔泰面色憔悴，连忙上前惊问道："乔泰，到底出了何事？不不，你只管坐下！看去好似大病了一场！"随即坐在另一张榻上，忧心打量。

乔泰直直凝望前方，讲述了一番有关祖母绿的所有情事，过后转头注视狄公，木然说道："相公，我已是无路可走。无论何种情形，她和我都是死路一条。若是没有刺客暗害她，我便会当场亲手杀死她。她害死了柳大夫，如今一命抵一命，她定会明白此理，她生来便是如此，我也一样，然后我会亲手结果自己的性命。只因她被刺客所害，所以此刻我还活着。我曾立誓要为相公效命左右，不过，此案一旦了结，还请相公许我离去。我想要加入北军，去边陲之地与突厥人厮杀。”

二人沉默许久。狄公终于徐徐说道：“我虽与她从未谋过面，不过可以想见。她死去时满心快慰，以为自己唯一的梦想即将成真。不过，在被人杀死之前，其实她已然死去，因为她心中只剩下一个梦想，而一个人需要很多梦想才能存活下去。”说罢整整衣袍，抬头沉思说道：“乔泰，我很明白你此时的心境。四年之前，我在北州破获了铁钉杀人案时，也同样有此经历。我必得做出的抉择，正是今日那凶手替你所行之事。更有甚者，她还挽救过我的性命和前程。”

“相公，莫非她被处以极刑?”乔泰屏息问道。

狄公缓捋长髯，“没有。她想让我脱此困境，于是自尽身亡。我一心想要抛下所有，想去弃世归隐，天地似是忽然变得灰暗阴沉、了无生气，直如死去一般。”说罢略停片刻，忽然抬手按住乔泰的臂膀，“没人可以帮你，也不能给你出任何主意，你必须自行决断将要如何。但是，无论你做何决定，你我的友情与我对你的看重永不会变。”

随后站起身来，惨然一笑，“我非得梳洗一下不可，想必形容十分狼狈！你最好即刻便去传令，命我的四名密探赶去花艇上，捉拿那个为主顾通风报信的女仆，再盘问船上的一干人等，我们必须查明那主顾的身份。过后你再带十来个衙役回客栈去搬运尸体，并依例追查凶手。”说罢转身消失在门帘后方。

乔泰起身离榻，下楼而去。

二一

狄公刚刚坐下用早膳，却见陶干走入，请安问好后，急急询问可有人前来领赏。狄公摇一摇头，示意陶干坐下，默默吃着米粥，饭罢投箸，朝后靠坐在椅背上，将两手笼在阔袖中，讲述了一番这假告示引起的意外后果。

“如此说来，柳大夫返回广州，竟是为了一段私情!”陶干出声叫道。

“半是为此。同时他还想勘查曼苏尔的阴谋，因为他分明对祖母绿说过必须去见几个当地的大食人。”

“但是他为何事事都独自承担？为何他第一次来广州又回京之后，也不与朝廷商议，还……”

“陶干，柳大夫虽对女人一无所知，对朝政却十分精通。他疑心此事正是自己的朝中劲敌在背后指使，因此在找到切实证据之前，对任何人都不能信任。他的对头皆是朝内高官，很可能安插了耳目在官署内，专为刺探秘密消息并通风报信。柳大夫为了得到铁证，重又返回广州，不料竟被他那行事失当的相好所害。”

“相公，如柳大夫那般温文尔雅的饱学之士，怎会被一个粗俗的大食舞女冲昏了头？”

“首先，柳大夫在京城中见惯了端庄文雅的汉家女子，而祖母绿与她们完全不同，这定是他平生见到的头一个大食女子。京城不同于广州，在京城很难见到大食人，自然更不会有大食女子。据我想来，他先因新奇而起兴，此后必是祖母绿极具魅惑力之形容举止，唤起他心中久抑之念。此念一出，自是炽烈无比，即使二人族类相异、地位悬殊、教养有别，也统统抛诸脑后。乔泰对祖母绿也极其迷恋，这桩惨事发生后，一时五内震动，难以平复。你最好别在乔泰面前提起她。”

陶干心领神会地点点头，议论道：“乔老弟在女人缘上从不走运。杀死祖母绿的会是何人？”

“乔泰以为是曼苏尔。他说曼苏尔也对祖母绿有情，在曼苏尔家的晚宴上，祖母绿结识了乔泰，并显得颇有兴趣，曼苏尔对此十分恼火。祖母绿前去乔泰住的五仙居时，曼苏尔可能一路跟踪，又从房后爬上屋顶，窥见他二人只穿着贴身衣物，以为是男女欢会，一时妒恨大发，于是出手杀人。听去倒也有理，但并非十分令人信服。”

狄公呷了一口茶水，接着说道：“无论情形如何，这一惨案已降格为一桩不甚要紧的事件，要紧的是寻出谁是祖母绿的主顾。此人企图将柳大夫卷入大食人的阴谋中去，想要隐瞒柳大夫之死，并对苏学士和鲍夫人被杀负有责任。我们必须完成柳大夫的未竟之务，即获得铁证，以揭穿朝中那些与他为敌的怯懦叛党。正是他们将祖母绿的主顾拉下了水，我们非得让那主顾供出幕后之人的身份不可。我们未能阻止柳大夫被害，但是务必阻止其政敌阴谋得逞。他们定已开始动手，证据便是朝廷密信中所述的坏消息。在今日动身返回京城之前，我定要找到此人。此时手下几名密探正在盘问花艇上的一干人等与祖母绿的女仆，但我并不指望从这些例行查案中能收获许多。那人必会想方设法隐匿自己的身份，免得被旁人知晓。”

“相公，那我们该如何行事?”陶干忧心问道。

“乔泰离去之后，我又回想了一番这两天发生过的所有情形，试图将已知的事件梳理得合乎情理，并生出一整套设想来。以此为依据，今早我自会动手行事。”狄公说罢，端起茶杯一饮而尽，缓捋颊须，接着又道，“至于祖母绿的主顾究竟是谁，我们已有了一些线索，由此产生出几种可能，倒是颇为有趣。”随即将一张笺纸推到陶干面前，“你最好录下我说的几条线索，过后解说案情时，我还会提及这些。

“其一，此人定是在广州举足轻重，否则柳大夫的朝中劲敌绝不会挑选他在此地代为行事。那些密谋者并不愚蠢，绝不会选中一个平常的骗子无赖，若是这般人物，一旦遇到有人出价更高，必会出卖他们。其二，此人定是野心勃勃，因为必得冒着失掉身家性命的危险，幕后者定是许诺事成之后，赏他做一高官，甚或进京入朝。其三，此人必是在京城中有亲朋好友，因为朝廷极少费心过问这偏远的岭南之地，定是京城中有人举荐了他。其四，他定是住在这节度使府内，或是与府内关系密切，因为我们的一举一动，他全都了如指掌，由此暗示出我们可将疑犯限定在那些与之定期面会的人物身上。其五，他与下层江湖定是联系广泛，证据便是雇用了大食无赖和疍家刺客。陶干，你且注意，这些联系是通过他的手下操办的，比如曼苏尔，过后我再说此节。其六，他想要除掉乔泰，定是有特别的原因，他也十分痛恨倪船主，因为想要杀死乔泰并嫁祸于此人。其七，他对蛐蛐颇有兴趣。其八，他与那盲姑娘定是关系不浅，不过，一旦得知盲姑娘与他作对，仍是派人两次下毒手企图灭口。盲姑娘设法通过他人来帮助我们，却不能亲自前来告发他。你再写下一点疑问：盲姑娘或是他的女儿或情人？其九，他定是祖母绿的情人或靠山。你可全都记下？”

“回相公，记下了。”陶干细细看过一遍，又道，“该不该加上一句，那人并无官职？因为祖母绿对乔泰说过，她的主顾虽然很有钱，却不是为官作宰之人，故此无法为她弄到汉籍。”

“这倒不必。我在头一条里说过，他定是本地的一个头面人物，暗示出遇见祖母绿时必是隐姓埋名。汉人宴席从不会请大食女子去献舞，因此他与祖母绿相识，定是在祖母绿卖身的花艇上，并且自始便隐瞒了自己的真实身份。他无须担心被祖母绿窥破底细，因为祖母绿绝不会遇见他与旁人同在一处。”狄公见陶干点头，接着又道，“翁节度是头一个嫌疑。从各方面看来，此人对朝廷忠心耿耿，为官勤勉，性情略有些苛刻，不过或许是擅长做戏的结果。他在京城里自然有许多朋友，可以将他举荐给柳大夫的政敌，这伙人正想将柳大夫排挤出去，并找人取而代之。他很符合我说的第四点。至于第二点，他也颇有野心，对京畿道节度使的位子渴慕已久，或许朝中那伙人正是以此作为许诺。他雇用曼苏尔代为行事，通过曼苏尔与大食人保持联系。”

陶干抬头说道：“相公，翁节度怎会容忍曼苏尔洗劫广州城的图谋？如此一场大乱，必会使他前程尽毁，无论朝中有何人为他撑腰！”

“他当然不打算让这一阴谋得逞，只需以此拖柳大夫下水、并令柳大夫身败名裂即可。一旦达到目的，他无疑会除掉曼苏尔，最简单的法子便是控告曼苏尔造反，再以此罪名处以极刑。如果曼苏尔在公堂上道出翁节度怂恿他人烧杀洗劫自己的治下，谁又会相信一个卑贱的大食恶徒口中所言？如果翁节度就是真凶，定是他自己四处散播大食人图谋不轨的谣言，可能通过另一个与汉人江湖保持联络的汉人手下。至于他为何要除掉乔泰，倒也不难解释，因为乔泰曾与祖母绿幽会；乔泰前去祖母绿的花艇时，曾一路经过疍家人的船只，定是被疍家耳目看见并向上报知。翁节度既痛恨乔泰夺其所爱，也害怕祖母绿会向乔泰透露有关他的消息，从而坏了花柳界风月场中的规矩，即女子不可谈论其主顾。至于他为何痛恨倪船主，我自有一套合情合理的解释，虽能轻易证明为实，但是眼下并不想说得太多。至于第七点，我们知道翁节度对蛐蛐很有兴趣，至于第八点，我已对你说过，我有理由相信他认识那盲姑娘。在此处加上一问：莫非盲姑娘是翁节度的私生女？且罢，如今再说第九点，翁节度可是祖母绿的情人？虽然众口相传他家庭美满，不过，这种新奇的体验或许会令他起兴——正如柳大夫一样——我有理由相信翁节度并不嫌恶外族女子，甚至并不在意祖母绿是个贱民，因为他本是北方人氏。若是在广州土生土长，自然会养成对贱民的憎恶态度。最后还有一事，柳大夫看来并不信任翁节度。”

陶干搁笔在案，沉思说道：“不错，此案着实对翁节度不利，但我们应该如何证实？”

“先别想得太远！除了翁节度之外，还有几人也颇为可疑。再看鲍刺史，此人烦恼甚多，不但有个性情严厉的上司翁节度，且又以为自己美貌的少妻与倪船主有染，不免十分沮丧，因此可能与祖母绿暗中来往；祖母绿提起主顾时语多讥讽，暗示出此人已上了年纪。身为山东人氏，鲍宽也不会因祖母绿本属异族、身份微贱而存有偏见。当柳大夫的朝中政敌许诺他将升为京官时，他很可能落入圈套，因为不但有机会可与翁节度平起平坐，还能满足祖母绿得到汉籍的心愿。鲍宽为官多年，自然在京城中有许多熟人，可为他举荐一二。还有，他与我们一直频繁会面，虽不喜好蛐蛐，但是其妻却认识那盲姑娘——尽管鲍夫人说得轻描淡写，二人很可能实则关系更近。盲姑娘对鲍宽生出疑心，然而出于对鲍夫人的敬重，不想公然道出此事。鲍宽自然痛恨倪船主，也痛恨乔泰，其中缘故与我们前面提到翁节度时一模一样。”

狄公略停片刻，饮尽杯中的茶水，当陶干执壶再度斟满时，接着说道：“如果鲍宽是真凶，我就不得不放弃鲍夫人死于误杀的假设。鲍宽得知两个大食人在倪宅谋害乔泰未遂后，十分气恼，就在当天午后，又派遣家人去姚泰开的私宅，专为刺杀对自己不忠的妻室与倪船主。鲍夫人果然被勒死，但是倪船主并未出现。你可否留意到，昨日众人议事时，鲍宽曾接到一张便条？可能就是倪宅杀人嫁祸未果的消息。”

陶干面带疑色，半晌后说道：“相公，就此案而言，鲍刺史必得有一大群手下为他暗中效力，不但人数相当之多，而且行事也得迅速果断。”

“即使真有，也不足为怪！鲍宽主管本地一应政务，故而有许多便利可与曼苏尔及汉人歹徒们保持秘密联络。最后还有一点，他与翁节度都是博学多识，阅历丰富，才智过人，足可策划一场绝大的阴谋，再通过曼苏尔这样的手下去着手施行，自己只需坐镇幕后指挥即可。

“若论学识、阅历与才智，第三名嫌犯梁甫亦是样样具备。他十分符合祖母绿口中所述的主顾：家资富有，却并非官员。他常去花塔寺与住持对弈，很可能只是个幌子，实则在寺后的宅院内与祖母绿幽会。不过，这些都不要紧——我这就会解释。至于第二点，他确是广州城内的头面人物，并且家资巨富，但是可能因为商贾的身份而心中郁愤，极想在京城里为官作宰，就像他那声名显赫的父亲一般。他在广州城土生土长，对大食人十分熟悉，想要与曼苏尔秘密来往着实不难。他特意引起我们对曼苏尔图谋不轨的注意，似是暗示出已准备让曼苏尔做替罪羊，正如我适才提到翁节度时说过的那般。他对蛐蛐并无兴趣，与那盲姑娘也并没关联，不过我很快便会提到这两点异状，因为还有更为难解的第三点，即作为一个出身名门的广东士绅，梁甫势必从小就浸淫在当地偏见之中，竟会屈尊与一个身为贱民的大食舞女来往，着实令人难以置信。为了解开这一难题，我们必须认为他有两名手下，就像提及翁节度时一样。一个是曼苏尔，另一个是汉人。后者定是姚泰开，所有与梁甫不符的线索，全都与他十分相合。

"姚泰开不会是主犯。他白手起家，在当地颇有名气，但是在京城中并无亲友可将他举荐给柳大夫的政敌。他虽是个精明的商人，但不可能设想出复杂的政界阴谋来。不过，他是个粗俗的好色之徒，猎艳时不拘一格，可能会无视对贱民的偏见。祖母绿对其主顾的描述，与他也很相符。他痛恨乔泰，是因为乔泰与祖母绿生出私情，痛恨倪船主，则是因为倪船主竟在他的私宅内与鲍夫人约会。鲍夫人出身名门，容貌妩媚，姚泰开从不敢妄想会与她结情。他也曾对盲姑娘动过垂涎之意，不过一旦发现那女子从中作梗、可能告发自己和梁甫时，便决意杀人灭口。在自己的私宅内动手未遂后，他又派蛋家刺客一路跟踪到贡院。只有与盲姑娘熟识之人，才会知道她曾去那里藏身。”

陶干缓缓捻着左颊上的三根长毫，说道：“身为祖母绿的主顾，姚泰开定是出手慷慨大方。”

狄公点点头，又道：“最后再说回今早的命案。曼苏尔已经躲藏起来，应是不敢跟踪祖母绿。我想或是祖母绿的主顾，或是主顾的手下派人掷飞镖射死了她，皆因生怕她会泄露自己的身份，为了自家安全，不得不牺牲情人的性命。

“如今我再说说所有这些推测会有何结果。就眼下而言，我们不能对翁节度、鲍宽和梁甫有任何举动，因为从表面看来，他们任何一人都与当地发生的罪案毫无关联。因此无论真凶是何人，我们必须敲山震虎，从他的爪牙身上动手。曼苏尔已失踪不见，但是姚泰开仍在我们的掌握之中。我立即派人前去捉拿，控告他与鲍夫人被杀一案有涉。此事将由我的四名密探去办，不可泄露一丝风声。我再派你二人假装出去行事，为的是声东击西，引开那时刻盯着我们动静的真凶的注意。一旦姚泰开被关入大牢，我便去搜查他的家宅，并且……”

门扇忽然开启，乔泰直奔进来，气喘吁吁地大声说道：“她的尸身不见了！”

狄公直直站起，疑惑地问道：“不见了？”

“正是，相公。我回客房打开门锁，只看见空空的床板。在床铺与窗户之间的地面上有几点血迹，窗台上也有一大片。有人定是从窗户进来，将尸体抬走，又从房顶挪入了蕃坊。我们已挨家挨户查过坊内的房舍，但是没人听见或看见过任何动静，想是……”

“她的女仆与花艇上的人又如何？他们可知道那主顾是谁？”

“回相公，有人发现女仆的尸首漂在河里，已被人勒死。船上的人从没见过她的主顾；那人常常在夜里来去，总是用项巾蒙住脸面。这猪猡，他们……”乔泰说到此处，哽噎无语。

狄公靠坐在椅背上，低声说道：“实在荒唐透顶！”

乔泰重重坐下，用衣袖猛揩几下汗湿的脸面。陶干若有所思瞥了乔泰一眼，想要开口讲话，却又改了主意，见狄公一言不发，便给乔泰倒了一杯茶水。乔泰举杯一口灌下，仍旧坐在原处，两眼失神，直直瞪着前方。房内一片静默，令人惴惴不安。

狄公起身离开书案，紧皱浓眉，开始在地上来回踱步。

陶干心中焦虑，狄公每次从面前经过时，都会留神观其面色。狄公似是全然忘却了两名亲随，终于在最近的窗前止步，反剪两手，静立半晌，打量着外面晨光酷烈的庭院。陶干拽拽乔泰的衣袖，低声告诉他将要捉拿姚泰开一事。乔泰心不在焉地点点头。

狄公忽然转过身来，走到二人面前，急促说道："偷走尸体是凶手犯下的第一个错误，但也是致命的大错。如今我明白此人性情扭曲。之前我虽猜对了一部分，却偏离了主旨，如今已看清一切。我立时便去与他当面对质，揭穿那些卑劣的罪行，并让他道出幕后主使究竟是谁!"略停片刻，又皱眉说道，"我不能将他立即拿下，因为此人足智多谋，又有决断，或许宁可自尽也不肯吐露我极想知道的内情。再者说来，他也可能有爪牙守在左右，我须得提前有所防范。陶干，你随我同去。乔泰，你叫我的四名密探与府内守兵百长来!"

二二

轿夫长敲叩了大半日，高大的双扇门方才开启。驼背老管家眯缝着两眼出来，看清二位来客，不禁大吃一惊。

狄公和蔼说道:“请去禀报你家主人，就说本官只是前来私访，不会耽搁他多少工夫。”

管家引路走入二进厅堂，请狄公与陶干坐在一张宽大的乌木雕花长椅上，随即快步离去。

狄公缓捋长髯，默默注视着大幅彩色壁画。陶干心中颇觉不安，时而看一眼狄公，时而瞥一眼门口。

管家很快转回，喘息说道:“还请这边走!”说罢领路穿过西院中一条廊道，走入一处厢房，四周冷冷清清，不见一人，唯有白色砖石在日光中明亮耀眼。在三进庭院后方，有一条幽暗凉爽的廊道，通向一行宽阔的木阶，业已年久发黑。

管家行至最高处，略停片刻，喘息稍定，引着二人又走上两道渐次狭窄的楼梯。上方建有一处宽敞的平台，一阵微风透过槅窗吹入，显然是高塔顶层。木头地板上未铺地毯，只摆着一张茶几与两把高背椅。后墙的双扇门上方悬着一块硕大的木匾，刻有“梁氏先祠”四个大字，书法精湛，正是先皇手笔。

“主人正在里面恭候相公。”管家说着推开门扇。

狄公示意陶干坐在茶几旁的椅子上，随后自行走入。

一股浓重的天竺熏香气味扑面而来。厅堂内颇为幽暗，只点着两盏烛台照亮，后方一张高高的香案，上面摆着一只青铜香炉。案前另有一张精美的古董供桌，排满了一应祭品。梁甫坐在最前方一张低桌旁，身穿墨绿锦袍，头戴秀才的高帽，迅速起身迎上前来，谦恭地笑道：“相公走了许多楼梯，还望勿要介意！”

“自然不会！”狄公说罢，打量一眼对面墙上的梁老将军画像，如真人一般大小，又道，“梁先生正在祭奠先尊，却被本官半路打断，深感抱憾！”

梁甫泰然说道：“相公无论几时来，小民都十分欢迎，况且先父也不会介意此事；他从来都是先公后私——身为人子，自然知道得一清二楚！相公请坐！”

梁甫请狄公坐在桌案右侧的座椅中。只见桌上摆着一张硕大的棋盘，从黑白子的分布看去，已是接近终盘，旁边有两只黄铜棋盒，分别盛着被吃掉的白子与黑子。梁

入梁府狄公析棋局

甫显然正在琢磨一道死活题。狄公坐下整整衣袍，说道："本官刚刚查明几桩事由，想与梁先生议论一二。"待梁甫在对面落座后，又道，"特别是有关一具女尸被盗之事。"

梁甫扬起两弯长眉："竟然盗去了一具女尸，好生离奇！相公一定得对小民仔细说说！不过，你我先来喝一杯茶水！"说罢起身离座，朝墙角处的茶几走去。

狄公迅速打量一下四周。闪烁不定的烛光下，只见铺有绣花锦缎的供桌上立着一排金器，其中堆放有米糕和水果，两只精美的古瓶里插满鲜花。供桌上方有一个宽阔的神龛，本是陈列祖宗牌位的地方，如今被一幅猩红帘幕遮住，浓重的熏香仍掩不住一股奇特的番邦香料气味，似是从帘幕后方飘出。狄公抬头一看，发觉房顶甚高，香炉中散出的灰烟聚集在发黑的屋梁附近，深色木头地面打磨得十分光亮。

狄公霍然立起，将座椅拖到桌案左侧，随口说道："本官想坐在这里，那烛光未免有些刺眼。"

"相公随意！"梁甫说罢，将自家座椅一转，与狄公对面坐下，又道，"从此处观瞻先父的画像，倒是更佳。"

梁甫执壶在手，将茶水倒入两只蓝瓷杯中。狄公从旁凝神打量，只见他先送过一杯，然后将另一只瓷杯握在修长的手中，透过指缝，可见光滑的釉面上显出一道裂纹。

梁甫注视着画像，若有所思："此像由一位丹青名家绘成，着实酷肖本人。相公可否留意到，每一细处都画得十分精妙?"说罢放下茶杯，起身走到画像前，背对狄公而立，抬手一指横在梁老将军膝头的宝剑。

狄公调换过两只茶杯，将梁甫的茶水迅速倒入离自己最近的棋盒中，然后手握空杯，起身走到梁甫身边，问道："但愿那宝剑仍藏在贵府之中?"见梁甫点头，接着又道，"本官也有一把家传的名剑，名唤'雨龙'。"

"雨龙？这名字实在新奇!"

"过后本官再对你讲述此剑的故事。可否再来一杯茶?"

"自然可以!"

二人各自归座后，梁甫为狄公的杯中再度斟满，随后举杯一饮而尽，手笼袖中，微微笑道："如今再说那女尸被盗一事!"

"在此之前，本官想先为你简述一番背景。"梁甫连连点头，狄公从袖中抽出折扇，靠坐在椅背上，缓缓摇动起来，"本官前天抵达广州，为的是追查御史大夫柳道明失踪一事，当时只知道他来此城，多少与本地的大食人有些关系。在勘查中，本官发觉遇到一名对手，不但对我此行的目的了如指掌，还密切注意着我的一举一动。后来，我查明柳大夫被疍家的毒药所杀，便设想是他在朝中的政敌雇用了一名当地人，引诱他来到广州，并通过大食同谋之手害了他的性命。但我也觉察出似是另有其他势力想要阻止这场险恶阴谋。当我继续查案时，情势也变得愈发复杂。大食歹徒与疍家刺客四处游走，还有一个神秘的盲姑娘时隐时现。就在今早，我终于得到了一丝线索，舞姬祖母绿对乔泰道出正是她毒死了柳大夫，并且她的主顾知晓其中所有来龙去脉。祖母绿始终恪守花柳界中的规矩，从不曾泄露其主顾的名姓。我疑心此人是翁节度或鲍刺史，也想到过梁先生，但是仍无头绪。”说罢猛地合起折扇，纳回袖中。

梁甫一直从旁恭听，态度淡然，显出不失礼数的兴致。狄公坐直起来，接着叙道：“于是我试图另辟蹊径，即全面考虑对手的思路，方才明白此人显然深谙弈棋之道，自己总是留在后方，指使别人为他行事，就如同在棋盘上挪动棋子一般。我和两名亲随亦是他的棋子，且在这盘棋中必不可少。想到这一点，便朝前迈出了重要的一步。一旦看透案犯的思路，案子也就勘破了一半。”

“千真万确！”

“于是我就想起你这弈棋高手来。你自然心思细密，足可策划一场难以破解的计谋，并亲自布置下去，使其得以施行。我还能想到一个有力的动机，即令尊一生功勋卓著，你却无法承其旧业，因此深感挫败。但是，你必不会爱上一个带有贱民血统的大食舞女。我断定如果你是真凶，那么你的一名手下必是祖母绿的情郎。姚泰开与此人十分相符，我打算下令捉拿他。但是就在那时，我得知祖母绿的尸体被人盗走，从而径直前来贵府造访梁先生。”

“这又是为何？”梁甫镇定说道。

“因为我想到死去的祖母绿与疍家人的狂野性情时，忽然记起偶遇过一个汉人妓女，她对我道是曾被卖给疍家人为奴，当他们醉酒狂欢时，向她吹嘘在八十年前，有个地位显赫的汉人偷偷娶了一个疍家女人，生下一子，后来成为一代名将。于是我想起镇南海老将军那奇特的相貌，”狄公说话时，抬手一指墙上的画像，“颧骨高耸，鼻梁扁平，额头很低，当年他的手下兵士亲热地管他叫作‘猴脸翁’。”

梁甫缓缓点头，“如此说来，相公已窥破了我梁家极力保守的秘密！不错，先祖母确是疍家人，先祖娶了她，便是犯下一桩罪过！”说罢冷笑一声，眼中闪出邪恶的光亮，“想想看，一代名将居然沾染上了贱民血统！而并非世人以为的那般士绅君子，可是如此？”

狄公并不理会梁甫的讥刺之语，接着说道：“我又想到自己弄错了一件事，这一局棋，并非华夏文人学士喜好的围棋，所有棋子皆是一样；也并非代表两军对垒争战的象棋。我忽有所悟，据说天竺人会下一种棋，国王与王后是最要紧的两颗棋子，在这种特殊的棋戏中，争斗的目标并不是攻城夺地，而是拥有王后。”

“实在高明！”梁甫说着淡淡一笑，“敢问如今走了哪一步了？”

“已是终局。国王已落败，因为王后已死。”

“不错，她确已死去。”梁甫徐徐说道，“但是端然平躺着，正如一位王后一般。人生如同一盘棋局，她就是这棋局中的王后，她的魂灵如今正主持着庄严的奠仪，在鲜花丛中歆享丰盛的祭品。你看，她的笑容何其妩媚……”说罢站起身来，迅速拉开神龛外的帘幕。

狄公不禁倒吸一口凉气，眼前的景象着实令人骇异。就在梁家神圣的祠堂里，在理应供奉列祖列宗灵牌的神龛内，金漆供桌上却横陈着祖母绿的裸尸，仰面朝天，两手枕在脑后，丰唇边挂着一丝嘲讽的微笑，对面便是梁老将军的画像。

梁甫合上帘幕，不经意地说道：“对她只做了初步打理，今晚还要继续。如今天气酷热，故而必须如此行事。”

说罢复又归座。

狄公抑住怒气，冷冷说道："你我可否一起来逐步复盘?"

梁甫肃然答道："十分乐意。解析棋局向来是我最为有兴之事。"

"这么说来，众人争夺的便是祖母绿。你为她赎身，便拥有了她的人，如此而已。你以为若能满足她最大的愿望，即设法从贱民升为汉家贵妇，便能赢得她的心。想要办成此事，只能经由一位身居高位的朝官，因此你决意要跻身官场，而且还得尽快，因为你总是心中惶惶，唯恐有人会横刀夺爱，或是令她倾心恋慕，或是能使她如愿以偿。曼苏尔对她十分有情，她虽对曼苏尔无意，但你仍害怕她体内的大食血统迟早会发作起来，因此想要除掉曼苏尔。后来，你从一位京中友人那里听闻一事，有一当朝显贵，与天后一党关系密切，正欲扳倒御史大夫柳道明，无论何人帮忙成事，都会得到丰厚的奖赏。这下机会来了!你立即开始谋划，小心地盘算每一步，使你能够赢得王后。你将此巧计献至那朝臣面前，又……"

梁甫焦躁地插言道："你我不妨说个明白通透！此人姓王，乃是后宫的太监总管。居中联络的则是一名富商，专为宫中供应酒水。"

狄公闻听此言，面色陡变。圣上病入膏肓；武后任性恣肆，深为一腔郁情所苦；再加上那狞邪的阉人总管……其中内情陡然大白，竟是如此丑恶不堪。

“你不妨猜猜看，他对我有何许诺？正是你如今的位子哩！有了天后娘娘这一奥援，我还会升得更高！先父曾是镇南海，我将来要做到镇天下！”

狄公厌倦地说道：“够了。你布下陷阱，让柳大夫以为大食人正在广州图谋不轨，并与一个不知名姓的朝臣相勾结，以此引诱他前来。你煽起曼苏尔愚蠢的野心，等柳大夫入城查勘时，自会发觉确实有人在此地酝酿筹划，然后你再害了他的性命，并控告曼苏尔。严刑逼供之下，曼苏尔将会承认柳大夫曾暗中支持这一阴谋，做得真是干净利落！从此除掉了曼苏尔这一眼中钉，柳大夫不但身亡，且又名声尽毁，你将会带着祖母绿前去京城。

“这一盘棋开局时，事事果然如你所料。柳大夫隐姓埋名，前来查证大食人阴谋叛乱的传闻。他不敢对当地官府亮出身份，因为听说朝中有人卷入了此事，他自然想要查明这人的身份。不过，此行还另有一个原因，你却是一无所知。柳大夫头一次来广州时，曾遇到过祖母绿，并且二人一见钟情。”

梁甫喃喃说道：“我哪能料到他们会在该死的花塔寺

里相遇？她……”

“这便是人世不同于棋局之处，梁先生。身处活生生的世间，你必须应对未知之事。柳大夫与苏学士一道查看过此地的情形后，疑心有人为他设下陷阱。他有意接近曼苏尔，假装同情其不轨图谋，甚至还可能帮助曼苏尔及两名手下私运军械进来。曼苏尔将此事报知与你，你心想这计策简直比预想的还要成功：如果曼苏尔被带上公堂，须得供出这所有实情！但是，你也知道柳大夫在愚弄曼苏尔，因此决意加紧谋害他的性命。后来祖母绿毒杀了柳大夫，不得不告诉你所有情形，并且……”

“你是说不得不告诉我？”梁甫忽然叫道，“她一向都是非要告诉我不可！每次她与某个粗俗男子偶遇并上床，事后总要立刻告诉我！并道出所有淫秽下流、不堪入耳的细枝末节，以此折磨我，然后再取笑我！”说罢抬手捂住脸面，发出呜咽之声，“那便是她的报复，而我……我根本无能为力，只有听之任之。她比我更为强悍，她的体内流淌着炽烈的血液，而我却有所不同，经过两代之后，已然淡薄了许多……”再度抬起头时，面容显得十分憔悴，极力收敛心神，又厉声说道，“不错，先前她并没对我说过有关柳大夫的事，因为柳大夫答应要带她走。接着往下说！没多少工夫了。”

“就在那时，我带着两名亲随来到广州城，表面上声称前来勘查番商贸易。你疑心我是来追查柳大夫失踪一事，派人紧盯着我的两名亲随，见他们对当地的大食人颇有兴趣时，算是得到了确证，于是认定我们与你这一局棋十分相合。要说控告曼苏尔图谋不轨，有谁会比当朝大理寺卿更为妥当？你唯一的麻烦是苏学士。祖母绿说过此人并不知晓她与柳大夫的情事，但是你必得确认无误。柳大夫一夜未归客栈，次日早上仍是不见人影，苏学士定会忧心忡忡。就在前天，他曾在江边沿岸一带走动，四处寻找柳大夫。你派了两人跟踪他，一个是曼苏尔的大食刺客，另一个是你自己的疍家手下。到了午后，那二人禀报说苏学士显然认识我那亲随乔泰，当乔泰离开酒肆后，他在后面一路跟随。你命疍家人协助大食人杀死苏学士，随即勒死大食人而放过乔泰。这样一来，乔泰就会追查苏学士被害一案，自然对曼苏尔更加不利。

“然而你又运气不佳。我的亲随陶干偶遇一位盲姑娘，她定是你的妹妹，就是你说过死于意外的那位。陶干曾将鲍夫人误认作她，你派去姚泰开私宅的疍家刺客也犯下同样的错误。她分明想要阻止你自蹈覆灭，并且……”

“这假惺惺的小傻瓜！”梁甫怒道，“我所有的麻烦都是因她而起，她若是留在我身边，本有大好前程，却偏要弃之不顾。我二人继承了父亲的天分，而我们的幼妹却生性愚钝、乏善可陈，整日被自己荒唐卑琐的情爱搅得心神不定！但是兰莉完全不同！想当年，家中塾师给我们几个教授诗文时，她总能立即领会最为难解之处！且又生得十分美貌，实是我年少时心目中完美无瑕的女人！我时常偷看她沐浴，她的……”忽然闭口不语，喉头吞咽数下，才又接着说道，“我们长大成人后，父母双双谢世，我对她说起远古时的神话，华夏先祖曾娶自己的姐妹为妻。但是她，她竟一口回绝，还对我说了些骇人的言语，说她要离我而去，再也不会回来。当她入睡时，我就拿热油浇入她的眼中，我怎能允许一个胆敢嘲笑我的女人另觅其他男子？她非但没有咒骂我，反而可怜我，好个伪善的小贱人！我一时大怒，就在她房里点了一把火，想要……想要……”说到此处，哽噎无语，恼怒得虚火上升，竟至面目扭曲，过了半日方才稍稍平静，“她明明说过再不回来，但是最近又在宅院附近悄悄窥探，这狡猾的贱货。我派了两名手下将柳大夫的尸身先抬入此宅，再送去花塔寺，后来听说她曾遇到那二人，还偷走了那只该死的蛐蛐。她虽对我的计策一无所知，但是十分聪明，足可将这些事情贯穿起来。你那随从送她回家时，正巧被我的手下撞见，并偷听到他二人的谈话，这贱人说她在花塔寺附近捉到了蛐蛐，分明想以此来引诱你坏我的事，因为花塔寺便是柳大夫断气的地方。于是我带她回宅，锁在一间屋里，谁知第二天刚刚用过早饭，她就不见了踪影。究竟是如何逃走的，至今我也……”

“正是那蛐蛐引得我前去花塔寺。我找到了柳大夫的尸身，对你而言，实为意想不到的挫败；你原本指望尸体消失不见，如此一来，疍家的毒药就不会被查出。据我猜想，过后你会让曼苏尔供认是他将尸首投入海中。但是，你成功地反败为胜，当我头一次造访贵府时，你机智地提到大食人与疍家人关系密切，暗示曼苏尔有许多机会可以弄到毒药，于是事事转为顺遂。在此之后，难以预料的人心再度破坏了你的妙计，乔泰遇见祖母绿，并对她一见钟情。你手下的眼线前来报信，道是乔泰昨日清早去花艇上与祖母绿相会，二人显然曾同床共枕。若是她已说服乔泰带她去京师，这可如何是好？若是她无意中泄露了你的身份，又当如何？乔泰必须被除掉，并且必须死在倪宅内。”狄公说罢，若有所思地看着梁甫，问道，“你怎会知道乔泰要再去倪家一趟？”

梁甫耸耸瘦削的双肩，“就在乔泰头一次拜访倪某人过后，我的两名手下便在倪宅后面日夜盯梢。曼苏尔也藏在那里，看见乔泰进门，立时派了他的两名手下越过房顶，打算用倪家的刀剑杀死他。我觉得这个主意极好，因为那姓倪的活该作为杀人凶手命丧法场。这色鬼曾引诱过我的妹妹。”

“他并未引诱令妹，不过不必扯得太远，且说回棋局，如今已到了最后的终局阶段，你手下的棋子完全失控。我做了一个柳大夫的假人头示众悬赏，此计果然奏效。就在今日一大早，祖母绿前去五仙居，让乔泰带她到官府领赏，结果就在客房中被人杀死。既然失去王后，你也输掉了这一盘。”

“我不得不派人杀了她，她打算离开我，背叛我。我雇了一个手法最上乘的飞镖手，她死时并未受苦。”梁甫低声说罢，漫视前方，手捋颊须，似是心神恍惚，忽又转头说道，“估量一个男人的财富，千万不要看他得到什么，而要看他没能得到什么。祖母绿瞧不起我，因为她知晓我的本来面目，我只是一个懦夫，不但惧怕他人，也惧怕自己，于是她想要离我而去。但是如今，她全身涂满香膏，这美人将永远留在我身边，我要跟她说话，每夜诉说我对她的爱意，再也没人会横插进来。”说罢挺直腰身，厉声又道，“尤其是狄相公！因为你已命在旦夕！”

“听去好像你害了我的性命，就会扭转败局似的！”狄公轻蔑地说道，“你以为我会如此愚笨，径直闯来与你当面议论这种种罪行，事先却不曾告知翁节度与我的亲随?”

梁甫得意地答道：“一点不错，我正是这么想的！刚一得知将会与你对阵，我就仔细研究过你的性情。狄相公自是天下闻名的人物，以往二十年中，破获过许多惊世骇俗的罪案，这些故事早已尽人皆知，在大江南北的酒肆茶坊中四处流传。我十分清楚你是如何勘案的！你很擅长依理推断，感觉极其敏锐，并有一种不可思议的本领，能将看似毫不相干的事情联系起来。你选定疑犯，大半是通过对人性的精明洞察，十分依赖直感，然后突然出手，运用全副力量压向对方——须得说让人实难承受。你使出漂亮的一招，让凶手认罪招供——过后再解释其中缘故，这便是你常用的法子。其他判官总想追查出全部案情，常会耐着性子一步步走下去，等找到切实的证据，再和手下亲随相与议论，但你从不会这般煞费苦心，只因与你的性情背道而驰。我确信你不会对翁节度吐露一丝一毫，对那两名亲随也不会多言。正是因此，你这青天大老爷即将命丧此处。”说罢神气十足地瞥了狄公一眼，徐徐又道，“还有我那亲妹子，也会死在这宅内。我曾派出豎家刺客去杀她，居然两度都未能得手，头一回是在姚泰开的私宅里，第二回则是在贡院中。但我知道如今她就在这里，最终定会被我捉住。只要除掉了她，世上便再无一人能告发我。

我雇来的疍家人只是个蠢货，什么也不懂得，他们活在另一个天地里，绝不会被追查出来。曼苏尔那厮虽说有所猜疑，但已身在海上，乘坐一条大食船转回故国去也。柳大夫一案将会按原样录入官文：此案由男女私情而起，凶手是一个行事失当的贱民女子，后来被其妒火中烧的大食情人所杀，尸体也被盗走。实在干净利落！”说罢叹息一声，接着又道，“你一心办案，结果劳累过度，前来敝宅与我议论案情时，心病猝发而亡。这消息一旦传出，朝野上下都会不胜惋惜，人人皆知你为官过于勤勉，已是辛劳多年，难免有气衰力竭之日。我投下的毒药发作后，其症状与心衰一模一样，不会被人查出，正是从祖母绿那里得来的方子。如此一位大名鼎鼎的人物，最后竟在敝宅内断了气，实乃莫大的荣耀！过后我自会叫你的随从陶干进来，让他帮我料理一二，好将你的尸首送回翁节度府内去。翁节度自会派人例行勘查一番。你的两名随从很是精明能干——我从不会低估对手——难免有些疑心，不过，等到他们说服翁节度对我多加注意时，此处的一切痕迹早已被抹去。别忘了我很快就会接任你的位子！你深谋远虑，布置了人手在前院里，还派兵卒包围了敝宅，我大可解释说这是由于你以为大食人想要突然闯入、取我性命，过后再让你的手下从宅内寻出一个大食无赖，此人将被依律处死。一切就此终结。”

“明白了。想来定是茶水里有毒。须得说我本以为你会做得更巧妙些，比如设一道暗门，或是从天花板上落下什么物事。你理应看出我有所防范，特意挪动过座椅。”

“但是你忘记了下毒的旧招。”梁甫说着微微一笑，“当我转身朝墙时，你调换过两只茶杯，果然不出我所料。对你这般阅历丰富的勘案行家，自是小事一桩。你要知道，毒药放在我的杯中，而你杯里的茶水并无异样。你既已喝下了有毒的茶水，药性理应开始发作，我曾仔细算过剂量。不不，千万别动！若是你站起来，毒性立时便会发作，可否觉得心口钝痛？”

狄公冷冷说道：“没有，并且以后也不会。我方才明明说过，我已知道你具有棋手的思路，会接连想到好几步棋路。你若是选择投毒，绝不会直接投入我的杯中，如此手法未免太过粗糙。我看见你的茶杯上有一道裂纹，心中便愈发肯定，你正是藉此来确认我已如你所料换过杯子。于是我就走了第二步，不但换了杯子，还换了茶水。我将有毒的茶水倒入这只棋盒里，往带有裂纹的杯内注入好茶，然后再将毒茶水从棋盒倒回我的杯中，如今正摆在你的面前。你大可自行过目。”说罢端起棋盒，让梁甫看里面濡湿的棋子。

梁甫从座中跃起，朝供桌走去，却在半路止步，脚底打晃，手捂心口，发出喑哑的声音，“王后！我想要看见她。我……”踉跄前行数步，终于抓住供桌边沿，大口喘气，瘦弱的身躯一阵痉挛抽动，随即跌倒在地，连带扯下了供桌上铺设的锦缎。只听一声巨响，一排祭器轰然落地。

二三

门扇突然开启，却是陶干闯入，看见梁甫躺在地上，狄公正俯身看视，不禁蓦然止步。狄公摸摸梁甫的胸口，发觉人已断气，便开始搜查全身。陶干低声问道：“相公，他是怎么死的？”

“我对他道是他已喝下原本为我预备的毒药，他听罢信以为真，一时惊悸，竟引起心病猝发。不过也是理应如此，他知晓一些绝不可泄露的朝廷机密。”狄公对陶干简述了一番如何换杯，“我将毒药倒入那只棋盒中，里面还有棋子，看去半满。梁甫只瞧见棋子沾湿，但没看出棋盒内实则盛着满满一杯茶水。你将这有裂纹的茶杯带走。”说罢从梁甫袖中取出一副刀具，只见皮鞘中插着一柄细长锋利的匕首，“这个也带上。千万小心，刀尖上有些褐斑。”

陶干从袖中摸出一张油纸，将茶杯和匕首包起，说道：“相公合该让他喝下自己的毒药才是！若是他不信你的话，又当如何？他定会用这喂过毒的匕首对付你，划破一个口子便足以送命!”

狄公耸耸肩头:“在他以为我已喝下茶水之前，我一直留神保持距离，在他触手可及的范围之外。陶干，经过这些年后，我已不再对自己把握十足，愈发倾向于将生死交给上苍去决断。”说罢转身离开厅堂，陶干紧跟在后。

平台上立着一个年轻女子，身段窈窕，衣着素净，穿一件深褐色长裙，浑浊的两眼直直望着前方。

“启禀相公,”陶干连忙说道,“她刚刚前来，为的是警告我们提防梁甫。”

“梁小姐，令兄已然亡故，死于心病猝发。”狄公肃然说道。

兰莉缓缓点头:“这几年中，他一直患有心疾。”说罢略停片刻，忽又问道,“果真是他杀了柳大夫?”

“非也，乃是祖母绿所为。”

“她是个危险的女人。”兰莉沉思说道,“我一直担心家兄对她一往情深，会种下祸根。我听说家兄的手下将一具尸首抬回家中，此人既是高官，又是祖母绿的情郎，便心想定是家兄出手杀人。我找到停尸的房间，趁那二人忙着乔装改扮成衙役时，迅速摸过死者的衣袖，从压扁的盒子里取走金钟，还拿了一个似是信封的物事。那是死者身上唯一的纸张，想必十分重要。”

“据本官想来，昨日一大早将信封塞入乔泰衣袖的，应是令妹鲍夫人吧?”

“正是，相公。她与倪船主本是旧相识，恰巧去倪宅送一张便笺，问倪船主可否当天午后去姚先生的私宅一见。她本打算在包裹上写下陶先生的名姓，再送至县衙去，看见陶先生的朋友时，心想不如交给他更为妥当。”兰莉略停片刻，将秀发从平滑的前额朝后一拂，接着叙道，“我们姐妹定期见面，自然十分隐秘。家兄与我都希望众人以为我已死去，但我受不了唯一的妹妹为此悲伤不已。事过一年之后，我去看望她，告诉她我还活着。虽然我总说自己足可过活，她却总是放心不下，非要为我介绍喜好蛐蛐的各色主顾。昨天早上，我从这宅院里逃出去，告诉她担心家兄惹了麻烦，并让她趁着相公与鲍刺史驾临宅内时，前去查看家兄卧房里的书桌。她拿了两张地图，过后对我说一张上面标有乔统领下榻的客栈。我本希望当天午后在姚家私宅内与她再见一面，却不巧错过了。敢问相公，究竟是谁害了她的性命?她并没仇家，家兄对她虽不看重，但也不至于十分厌憎，如同对我那般恨之入骨。”

“她死于误杀。”狄公说罢，紧接着又道，“梁小姐这一番大力相助，本官感激不尽!”

兰莉抬手无力地一摆:“我只希望在家兄涉入过深之

前，相公能查明杀害柳大夫的凶手。”

“你如何能一再顺利藏身?”

“我总藏在那些非常熟悉的地方。”兰莉说着淡淡一笑，“对这老宅子，我自是了如指掌！所有那些密室，还有许多密道与门扇，家兄并不知晓。我对贡院也熟门熟路，那是我最爱去的藏身之处。陶先生和他的朋友瞧见我之后，我就从后门溜出，躲在存放轿子的仓房中。后来我听见有女人叫喊，不知出了何事?”

“有一无赖正在调戏女子，被我的两名亲随撞见。梁小姐，令兄已将祖母绿的尸身挪到此处，本官将会立即命人抬去县衙。还有何事可为你效劳一二？如今你不但要统管这整个宅院，还有令兄的所有事务。”

“我预备叫先妣的一个叔父过来，他自会主持家兄的丧事，还有……”兰莉悲伤地摇一摇头，过了半晌，再度开口时声音愈低，几乎难以听清，“全都是我的过错。我本不该离他而去，留下他独自一人，心里全是可怕的念头，为此深受折磨。那时他只是个孩童！整天在花园一角摆弄他的士兵人偶，想象自己在打一场大仗，后来……不过，那时他已知道自己不宜入伍从军，我离开他后，他知道自己无法占有一个女人，这第二次打击令他崩溃，并想要自寻短见，但是遇见了祖母绿，她……她是家兄能够拥有的头一个女人，也是唯一的一个。他只为祖母绿而存活，可是祖母绿并未把他放在心上，还对他说些残酷无情、羞辱贬损的话……这全是我的过错——我本该委婉地回绝他，试着让他对别的女人产生兴趣，一个好心肠的善良女人，就会……但是我年纪太轻，还不懂得，不懂得……”说罢抬手捂住脸面。

狄公对陶干示意一下，二人走下楼去。

乔泰正在大厅内等候，另有四名密探和十几个衙役。狄公道是有强盗藏在宅内，梁甫忽然遭遇一贼，心病猝发而亡，又命乔泰带领众人去仔细搜查，将所有可疑之徒统统捉住。狄公又将年纪最长的密探带到一旁，告诉他曼苏尔已登上珠江边的一只大食船，出海而去，命他立即求见港口主管，再派遣四条军中快船赶去捉拿曼苏尔。那人领命离去后，狄公吩咐管家引路去梁甫的卧房。

在床架后面的墙上，陶干找到一只暗柜，撬锁开启后，发现里面只是些生意上的契约信札之类。狄公深知梁甫十分精明，不会存留与罪案有关的任何文书，因此并没指望能有所收获，不过回到京师后，派人去搜查王太监的家宅时，自会找到想要的所有纸上证据。狄公又命陶干将祖母绿的尸身秘密送至县衙，务必小心行事，然后坐入轿中，一路返回节度使府。

狄公召来一名副官，命他带路径去正房二楼的书斋。

书斋虽小，却十分精巧雅致。拱窗正对着花园与莲池，左边的茶几上摆着一套蛋壳瓷茶具，还有一只插满白玫瑰的玉碗，右边的墙面全被厚重的乌木书架遮蔽。翁健坐在高大的书案后方，正对站在一旁的老吏发号施令。

翁健看见狄公，连忙起身上前相迎，请狄公坐在茶几旁一张舒适的圈椅内，自己对面坐下。老吏送上茶水后，翁健命他退下，两手按住膝头，倾身朝前，急急问道："敢问相公有何进境？下官看见了相公发的告示，那高官究竟是谁？"

狄公几口喝完茶水，忽觉十分疲累，放下茶杯，松开外袍的领口，徐徐说道："实乃一桩大不幸之惨事。御史大夫柳道明在此地被人害了性命，本官在花塔寺内发现了他的尸身。至于发生过何事，这就给你一个正式的说法。柳大夫来到广州，是因为与一个本地女子彼此爱慕。此女先前已有情人，结果柳大夫被那无赖毒杀。本官设下一计，发出告示，凶手的一个朋友果然前来告发。那人已经落网，如今正被解送京城以备秘审。这正式说法即使简略，也不可泄露出去，翁节度自然明白其中道理。若是高官行事不谨、且又被外界知晓的话，朝廷定会大为不悦。"

翁健缓缓说道："下官明白。"

“本官完全体会得你身处其间是何等尴尬。”狄公和蔼说道，“当年我就任地方县令时，曾有一名身居高位的京官亲临治下，种种情状，至今记忆犹新。不过，饶是如此也于事无补，这本是我大唐官制的一部分。”

翁健朝狄公投去感激的一瞥，问道：“相公可否告知下官，为何要派出兵士包围梁府？”

“本官得知一伙疍家强盗潜入梁府，连忙赶去提醒，不料梁甫已遭遇上一个恶徒，一时受惊，心病猝发而亡。我那两名亲随正在搜寻众匪。此事也须得格外小心应对，梁甫乃是当地名流，如果众百姓听说他的身亡是由于疍家人而起，不定会惹出乱子来。你务必将此事完全交给我的两名亲随去办。”狄公说罢，举杯呷了一口茶水，“至于大食人，我已派人去捉拿罪魁祸首曼苏尔。一旦他被关入大牢，维护城内平安的紧急举措便可撤销。昨天对你大致说过让蕃人隔离而居的设想，本官将来自会上报朝廷，如此一来，可保日后无虞。”

“下官明白。”翁健又道，过了半晌再度开口，态度颇为胆怯，“但愿所有……发生在此地的不法之事，不致被归咎为管辖不力吧。若是朝廷认为下官……疏于职守，未免……”说罢朝狄公忧心忡忡瞥了一眼。

狄公却并未显得心领神会，徐徐说道：“本官勘案时，还查明了几桩事由，虽与主案无直接关系，却也并非全不重要。首先是鲍夫人之死，鲍刺史正在追查内情，本官想让你将此事全交给他去办理。其二，我还听说了多年前发生在此地的一桩惨事，事关一名自寻短见的波斯女子。”说话时迅速瞥了翁健一眼，只见他面色陡然变得煞白，便又接着说道，“昨日清早，你我在花园亭阁中相遇时，我想要查访波斯人的状况，你却急于让我不必插手。既然你对波斯人知之颇深，或可道出有关此事的更多详情。”

翁健转过脸去，注视着窗外一片碧绿的屋顶。狄公从玉碗中拈出一枝白玫瑰，深吸一口清甜的香气。只听翁健闷声叙道：“此事发生在许多年前，当时我被派到此地就任一名佐官，实是头一处任所。那时我年纪甚轻，心志不坚，对番人的种种奇情异色十分有兴。我常去一个波斯商人家中造访，与其女相识，后来彼此爱慕。她容貌美丽，举止文雅，性情却极易紧张躁动，但我当时并未注意到。”说罢转身直视狄公，又道，“我十分爱她，决意放弃仕途前程，娶她为妻。不料有一天，她表露出不能再见我的意思。我就像个痴傻后生一般，以为她要与我绝交，心中万念俱灰，便与一个汉人歌伎开始来往。数月之后，她派人送来消息，让我某天黄昏去花塔寺会面。我如约前去时，只见她独自一人坐在凉亭内。”说到此处，低头垂目，直盯着紧紧交握的两手，“她穿着一身郁金色长袍，头裹轻纱。我正想开口说话，她却让我一同登塔。我二人顺阶而上，一路默然无语，直走到第九层，停在最高处的狭窄平台上。她立在栏杆旁，下方是一大片屋顶，被夕阳的余晖染成微红。她开口说话时并不看我，语调古怪，几乎不似人声，道是已为我生下一对孪生女儿，因为我抛弃了她，她便将二女溺死。我听罢呆立在地，动弹不得，就在那时，她突然越过栏杆、纵身跳下，我……我……”

翁健悲不自胜，语不成声，抬手捂住脸面。狄公只听见他含混说道：“我真是出于好意，老天可以作证！而她……只是……我们那时太过年轻，少不更事……”

狄公从旁静待，缓缓转动手中的玫瑰，眼看着白色花瓣一片片掉落在乌亮的桌面上。翁健终于抬起头来，狄公将花枝插回碗中，说道：“那女子定是对你一往情深，否则不会一力要令你如此伤心。她不但自尽身亡，还对你谎称已将二女溺死。”见翁健意欲从座中跃起，抬手示意一下，“不错，此话并非实情。她将两个女婴送给一个汉人朋友。那人家业败落后，另一个带有波斯血统的汉人又精心照料她们，并且认识其母。我听说姐妹俩已长成了妩媚动人的少女。”

翁健冲口说道：“她们在何处？那男子又是何人？”

“此人姓倪，正是我对你提过的倪船主。他信奉神秘莫测之事，性情多少有些古怪，但须得说颇有操守，虽然听说你曾卑鄙地欺骗过一个波斯女子，还是宁愿守口如瓶，认为无须旧事重提而影响他人，尤其是那一对姐妹。或许有朝一日，你可以隐姓埋名前去看他。若是我的消息不差，倪船主实则已是你的东床快婿了。”狄公说罢起身离座，整整衣袍，“你方才说过的这一番话，我自会统统忘掉。”

翁健铭感五内，竟至难以言表，一路恭送贵客出门。狄公又道：“在我提起波斯女子一事之前，你曾表露出担忧自己在京城中的名声。如今我且告诉你，我看你为官出色，富于热忱，足为楷模，过后必将此事上报给朝廷，亦是分内之责。”不容翁健倾吐一腔歉抑感激之辞，最后说道，“我已受命返回京城，不得延误，今日午后便要离开广州。还请翁节度安排一队骑兵护送，多谢这一番盛情，后会有期！”

二四

午后多时，狄公与两名亲随在厢房的饭厅内一道用饭。乔泰陶干已在梁府捉住了两个疍家人、三个汉人与一个大食人，并统统送入官府大牢。

三人用饭时，狄公细述了所有见闻，唯独略去与翁健的一番言语，又简述过关于柳道明一案的正式说法：“柳大夫经办此务，结果赔上了自家性命，如今已然收功。王太监自会罪有应得，他的势力也就此完结。太子终将得到应有的名位，武后一党也会退居幕后——就眼前而言。”说罢默然半晌，想起武后风韵犹存，精力充沛，极其精明强干，生性却冷酷无情，心绪又时常起伏不定、难以自抑，武氏一族也是野心勃勃。这头一次冲突并非正面交手，自己算是暂且得胜。狄公忽然生出一种不祥的预感，以后不但会有更多短兵相接的交锋，并且还会有人丧命，甚而血流成河，想到杀戮横死森然降临，不禁浑身一竦。

乔泰忧心地看着狄公，只见他形容憔悴，眼袋乌黑下垂，凹陷的面颊上显出深深的皱纹。狄公努力整顿全神，缓缓说道：“柳大夫被杀一事，可能是我办的最后一案。从此以后，我要将全副精力都投入政事中去。若是某些政事中亦有作奸犯科之举，类似这柳大夫一案，我也会命他人去查办。梁甫关于我如何勘案的一席话，说得十分切中肯綮，让我想到这正是终结自己判官生涯的时候。我所用的手法已是众所周知，被狡猾的恶徒听去，很可能会为其所用。这些手法与我的本性密切相关，我已上了年岁，无法再加以改变，后进新锐自会接过此任，继续前行。今日晚些时候，等酷热消去，一队特派的兵卒将送我返回京城。你二人须得严格遵循这一套正式说辞，务必不可泄露在广州发生过的任何实情。你们不必担忧曼苏尔；他逃上了一条大食船，不过已派出军中快船前去追赶，他知道一些朝廷机密，万万不可传到哈里发耳中，因此将会被秘密处决。”说罢站起身来，“我们都需要好好歇息一阵！你二人不必再折回那腌臜客栈去，就在我的更衣室内小睡一阵即可，里面有两张空榻。过后你们送我启程，然后去料理各自事务，想必明日就可离开此地。”

三人朝门口走去时，陶干郁郁说道：“我们在此只停留两天，我却已看够了广州城！”

“所见略同！”乔泰率然应罢，又正色说道，“相公，回到京城后，我想继续做禁军统领。”

狄公迅速一瞥，见乔泰面上苍白憔悴，想起吃一堑长一智的老话，不禁心中凄恻，对他蔼然一笑：“你说这话，令我很是快慰。”

三人顺阶而上，行至二楼的狄公居处。乔泰打量一眼前厅，见里面果然有两张床架，挂着华丽的幔帐，对陶干嘿嘿笑道：“你挑一张你中意的，或者两张都行！”又对狄公说道，“相公，我宁可去你的卧房里，就躺在门前的苇席上睡一觉！更何况天气如此闷热！”

狄公点点头，掀开门帘步入卧房，见里面酷热闷塞，走到宽阔的拱窗前卷起竹帘，却见正午的阳光照在旁边房舍的琉璃瓦上，刺目耀眼，便又旋即放下。

卧房后方摆着一张长榻，狄公摘下帽子，放在长榻边的小茶几上，自己的匕首就在茶壶背后，伸手一摸，发觉茶水尚有余温，瞧见挂在墙上的雨龙剑，忽然想起梁家祠堂里“镇南海”老将军画像中的那把宝剑。不错，梁老将军确有疍家血统，纵使本性狂放粗野，却受制于高贵端严之气，进而化为英勇卓绝之风。狄公暗自叹息一声，脱下厚重的织锦官袍，只穿着白丝中衣，平躺在长榻上。

狄公注视着天花板，想起身边的两名亲随。对于乔泰的不幸遭际，自己确实负有一部分责任，本应早早安排他娶妻成家才是——这也是主公对属下的一项应尽之责。

马荣已娶了木偶艺人老袁的两个孪生女儿，自己也得为乔泰安排一桩合宜的婚事，一旦回到京城，就得着手办理此务，不过自然颇为不易。乔泰出身名门，家中世代从戎，在西北地方已定居数百年，性情质朴坚韧、忠诚可靠，生来便是为了征战、打猎与豪饮，与其般配的女子，也应同样性格刚强、富于主见。从这一点来说，陶干倒是省却了麻烦。他对女人怀有根深蒂固的厌憎，倒也是幸事一桩。

狄公又想起回到京城后，必得做出重大决断。朝廷定会任命自己接替柳道明来担当重任，不过等到龙驭上宾后再如此行事，会不会不甚妥当？试图揣想所有可能发生的情形，却发觉思绪贯穿不得。透过门帘，隐隐传来乔泰与陶干的说话声，听得人昏昏欲睡，当语声终止时，狄公已然堕入梦乡。

一整片房舍十分寂静，除了门口的守卫，人人都在午睡。

只听一声轻响，窗上的竹帘一动，曼苏尔悄无声息地跨过窗台，潜入室内，身上只裹着一条白色缠腰布，斜插着一把弯刀，未戴头巾，换作一片布条紧紧缠在头上，健壮黝黑的全身汗水涔涔。他攀爬过一片屋顶前来，立在窗前喘息半晌，见狄公已然入睡，前襟敞开处露出宽阔的胸脯，不禁十分满意。

曼苏尔走向长榻，步态柔韧灵活，如同黑豹靠近猎物一般，伸手握住腰间的刀柄，一眼瞧见挂在墙上的雨龙剑，忽又止住动作。若是用这狗官自己的宝剑将他杀死，再上报给哈里发，将会何等风光荣耀。

曼苏尔取下雨龙剑，迅速抽出，却对汉人的兵器不甚熟悉，只听“当啷”一声，剑鞘掉在石板地上。

狄公惊醒过来，勉强睁开两眼。曼苏尔咒骂一声，举剑欲刺狄公的胸口，忽听背后有人大喝一声，连忙转过身，却是乔泰直奔到近前，身上只穿着一条阔腿裤。曼苏尔一剑刺去，正中乔泰的胸口。乔泰踉跄后退几步，曼苏尔也被拖曳着随之前行。这时狄公从榻上跃下，抓起茶几上的匕首。曼苏尔迅速转头一瞥，见此情形，拿不定主意是用宝剑来防卫，还是扔了宝剑改用更为称手的弯刀，正是这一瞬间的犹疑决定了生死命数。狄公跃到近前，持刀猛刺曼苏尔的脖颈，空中飞溅出一道鲜血，曼苏尔立时毙命。

狄公推开曼苏尔，跪倒在乔泰身旁。雨龙剑的锋刃深深刺入乔泰的前胸，只见他面色惨白，双目紧闭，嘴角处流下细细一线血水。

陶干奔进门来。狄公喝道：“去叫府里的大夫，并警告守卫小心！”

狄公用手臂枕在乔泰的脑后，不敢动那宝剑，一幕幕昔日情景奔赴心头：山林中初次相遇时，自己就是用这雨龙剑与乔泰过招；二人曾一同并肩面对过种种危境；不知有多少次，互相救过彼此的性命。

狄公注目凝视着乔泰平静的面容，全然不知跪地多久，忽然发觉周围冒出一大群人来。府内大夫查看过乔泰的伤势，小心翼翼拔出雨龙剑并立即止血。狄公哑声问道："可否将他挪到长榻上去？"

大夫点点头，肃然望了狄公一眼，低声说道："他全凭异常健硕，才能支撑到如今。"

众人合力抬起乔泰，轻轻放在榻上。狄公拿起雨龙剑，对守兵百长命道："告诉你的手下，将这大食人的尸首挪走。"

乔泰睁开两眼，看见狄公手中的雨龙剑，微微一笑："你我以此剑相识，也以此剑作别。"

狄公迅速收剑入鞘，放在乔泰布满疤痕的胸前，轻声说道："乔泰，雨龙剑就留给你了。我平生最好的朋友已经血染此剑，我绝不能再用它。"

乔泰欣然一笑，用两只大手握住宝剑，对着狄公定定凝望许久，两眼似是变得迷蒙。

陶干伸出左臂，环抱着乔泰的头颅，瘦长脸面上缓缓流下两行清泪。

宝剑喋血壮士永诀

守兵百长低声问道：“相公，小人要不要命手下敲奏哀乐？”

狄公摇一摇头，“让他们奏起《将士凯旋》，立时便去！”

狄公示意大夫与众兵士全都出去，房内只留下三人。狄公与陶干俯身榻上，定睛注视着乔泰，此时他面色极为平静，双目紧闭。二人凝望许久，只见乔泰的双颊渐渐变红，面上烧得火热，汗水从前额涔涔流下，呼吸愈发急促，歪斜的嘴角涌出鲜血，开口说道：“左队……朝前！”

外面忽然响起隆隆的鼓声，正是从府内塔楼上传来，节奏愈发急促，伴有尖利的号角声，昭示得胜之师凯旋。

乔泰睁开两眼，目光已变得混浊，侧耳倾听半日，带血的唇角朝上一勾，欣喜地微微一笑，忽然朗声说道：“打胜仗了！”随即喉头咯咯作响，魁梧的身躯长长震颤一下，面上的笑容就此凝滞。

二五

直到夜幕降临，陶干与四名密探方才办完柳道明一案，迅速抹去了所有证据。祖母绿的尸身已被秘密送至县衙，然后将公然抬去花塔寺焚化。梁甫的同谋已被巡兵带走，甚至未经审问，一旦到达河流上游的山间地带，就会被立即处决。陶干代狄公签署了所有必要的公文，然后一一封缄，只觉筋疲力尽。狄公亲自派手下将乔泰的尸身送往京城，过后便离开广州，由一队特派的骑兵护送，前面另有一队巡兵开道，举着镶有红边的旗幡，表明每到一处驿站，都有权要求更换马匹。一路虽然辛苦，却是赶回京城最快的法子。

陶干离开县衙，命轿夫送自己去梁府。只见正门前点着许多灯笼火把，一片通明。梁甫的尸身直挺挺躺在一副华丽的棺架上，上有幔帐垂下。人流不断涌入，络绎不绝，一一焚香祝祷，表示对死者的敬意。管家陪同一位仪态庄重的老者接待唁客，想必应是兰莉说过的舅公。

陶干正郁郁打量这庄重的丧仪，忽然发觉姚泰开立在身旁。

“对于广州全城来说，这一天真是极其悲痛!”姚泰开虽则语声忧郁，却掩饰不住面上的狡黠神情，显然已喜孜孜地盘算过梁甫死后，自己能接手多少好处，“听说狄相公已离城而去，他曾细细盘问过我一回，似是对我有所疑心哩。不过如今已返回京师，且并未召我再去，想来我是平安无事了。”

陶干恨恨地瞥了姚泰开一眼，缓缓说道：“我不可与外人议论官府事务，不过既然对你颇有好感，不妨给你透露一点机密消息，以后不定会派上用场。凡是有人上刑台时，务必记着让行刑副手给自己嘴里塞一块软木，因为有时使力一咬，会把自己的舌头咬断，此事并非罕见。不过我要是你的话，倒不会太过忧心！忧心忡忡从来救不了命。以后多交好运!”说罢转身离去，留下姚泰开呆立在地，双目圆睁，惊骇不已。

这一场偶遇过后，陶干稍稍振作，遣去轿夫，独自朝集市走去，只觉腰酸背痛，两脚生疼，又觉得尚需时间来理清思绪。

集市内人声嘈杂，喧哗熙攘。后街中一片漆黑，比起上次来时，更显得阴暗凄凉。

陶干走上狭窄的楼梯，在门前静立半晌，侧耳细听，隐隐传来轻柔的鸣声。自己的预想果然不差。

陶干抬手敲叩几下，随即走入室内。檐下悬挂的小笼子映衬在夜幕中，半明半昧之间，模糊看见桌上放着茶篮。

兰莉从竹屏后方转出。陶干说道："是我。"随后拽着兰莉的衣袖，引路走到榻前，二人并肩双双坐下。

"我知道会在此处找到你，明日一大早，我便要赶回京城，又不想与你不告而别。你我都横遭大不幸之事，你失去了一兄一妹，我失去了至交好友。"陶干对兰莉简述一番乔泰之死，又忧心问道，"你打算如何独自过活?"

兰莉和缓说道："你身在悲痛之中，居然还能想起我来，实在非常体贴。不过不必为我担心。在离开家宅之前，我已让舅公起草了一份文书，言明我将舍弃亡兄的所有家产。我别无所需，只要能和我的蛐蛐在一起，自会一切安好，不会感到孤单。"

陶干凝神倾听蛐蛐的鸣声，许久过后，方才说道："你那两只蛐蛐，我一直小心照料。一只是通过乔泰送到我手里，另一只则是我在贡院的房中找到的。我也开始喜欢听那叫声，令人觉得安然平和。兰莉，我深感老迈疲惫，唯一希求的就是安宁。"

陶干瞥了一眼兰莉沉静的面容，伸手轻轻按住她的手臂，胆怯地又道："若是有朝一日，你带着蛐蛐来京城，与我在一起，我将感激不尽。"

兰莉并未抽回手臂，仍旧和缓说道："若是你家夫人没有异议，我自会乐意斟酌一二。"

"我向来孤身一人，家中并无妻室，"陶干说罢，轻声又道，"不过以后会有一位，无论何时，只要你点头就成。"

兰莉抬头凝神倾听，一片虫鸣之中，有一个清晰持久的声音渐渐拔高、盖过其他，不禁微微笑道："那正是金钟！你若是仔细留意，就会听出它的鸣声中不仅有安宁之意，更有欣悦之情。"

后　记

公元七世纪时，世界上有两大帝国，一是东方的中国唐帝国，一是西方的阿拉伯哈里发的伊斯兰帝国，征服了整个中东、北非和南欧。然而有趣的是，这两个文化与军事巨人几乎不了解彼此的存在。他们影响的范围交集，也只局限于几个分散的贸易中心。后来，健壮有力的中国船长与阿拉伯船长相遇，但是在各自国家里，他们关于奇异见闻的叙述被人看作是水手的故事。在此书中，笔者想将狄公放在一个全新的背景里，将故事背景设在广州，一个中国与阿拉伯世界互相接触的中心地点之一。

本书中的故事全是虚构，但是与史实多少有所关联，当时令人敬畏的武后正在策划夺取大权，成为太后数年之后，她便取得了成功。她曾与狄公直接交锋，想要废黜太子这一合法的皇位继承人，被狄公劝阻，此乃狄公仕途生涯中最辉煌的胜利。关于狄公的生平，读者可参阅林语堂的历史小说《武则天传》。

本书第十九回中提到的假人头一节，笔者借用于中国最古老的一本公案故事集，其中提到的谋略，由中国的马基亚维利、传奇的纵横家苏秦提出，为的是报复对他谋害未遂的政敌。苏秦临终时，对齐王献策说将自己的遗体当众分尸，宣布说是一叛徒，然后曾经行刺的政敌前来领赏，终被处决。（见《棠阴比事》之《苏秦徇市》）

关于祖母绿所用的毒药，其记述见于中国古籍《南诏野史》中关于西南山区地羊鬼部落的章节。

笔者再次提醒读者注意，在狄公生活的年代，中国人不留辫子，这一习俗是 1644 年满族人入住中原后强加给汉人的习俗。男子梳顶髻，无论室内室外都戴帽子。中国人不吸烟，烟草和鸦片进入中国，是在狄公的年代之后。

高罗佩

译后记

1962年，高罗佩担任荷兰驻马来西亚大使，在马来西亚工作的最后一年写出了此书，作为整个系列小说的终章结局。1964年，此书的荷文本由荷兰范胡维出版社(W. van Hoeve Ltd.）出版，名为*Moord in Canton*；1966年，英文本由英国伦敦海涅曼出版社（William Heinemann Ltd.）出版，名为*Murder in Canton*。

由于书中背景第一次设在真实的中国城市，在此试对图中几处地方的历史沿革作一简介：

1. 节度使府与州府官衙，唐初为岭南道署，明清时为布政使司，现为广东省财政厅，大门正对的南北向街道分三段，分别称为承宣街、双门底、雄镇街，1920年拓建为永汉北路，1936年至1945年易名汉民北路，1967年与大南门外的永汉南路一起改称北京路，此路及其前身（从节度使府直到天字码头）一直是广州的南北中轴线。

2. 县衙，其位置大致对应清代的广州府衙门。

3. 军塞大营，此处应为高公杜撰，唐时军营位置不可考，清代八旗曾驻扎城西，即大北门至归德门一线以西。

4. 贡院，始建于南宋绍兴二十七年，清代广州贡院建于康熙年间，确切位置应在大东门西南方向靠近东城墙处，《五羊城图》中的贡院则在大东门西北方向，实际对应如今的番禺学宫。

5. 集市，此处似为高公杜撰，根据《五羊城图》，其位置在双门底东南侧，第一回末尾处提到的计时仪器“滴水楼”，是由四只铜壶组成的浮箭法复式漏壶，1316 年（元延祐三年）由广州人冼运行、杜子盛铸造而成，原本放置于双门底的拱北楼，清代徐良琛曾著有长诗《拱北楼铜壶歌》，后来几经迁移，抗战胜利后被挪至镇海楼，1959 年被借调到北京历史博物馆（今中国国家博物馆）展览，实为中国现存最早、最大、最完整的铜壶滴漏。

7. 孔庙，《五羊城图》中标注的位置，实为清代的广府学宫，当时的孔庙位于贡院北侧，即大东门西北处。

9. 市舶使院，原文为 Custom-house，意为“海关”，唐高宗显庆六年（661 年），在广州创设市舶使这一官职，又称监舶使、押番舶使，总管东南海路邦交外贸事务，其官署称为市舶使院，《五羊城图》中标注的位置大致为如今的北京南路近珠江处。

10. 光孝寺，初为公元前二世纪南越王赵建德之故宅，三国时代，吴国虞翻谪居于此，后来改为寺院，初名制止寺，东晋隆安五年（401 年）称五园寺，唐代称乾明法性寺，相传唐高宗时，六祖惠能在此剃度，南宋时称报恩广孝寺，后改名光孝寺。

11. 花塔寺，始建于南朝梁大同三年，初名宝庄严寺；北宋初年毁于大火，989 年重修，改名净慧寺，因寺内有六棵古榕，民间俗称为六榕寺；1097 年建成舍利宝塔，采用砖木结构，外观呈八角形，共有九层；1100 年，苏东坡由海南北归，路过广州时到此游赏，题字“六榕”；1411 年（明永乐九年），净慧寺重修，寺僧将苏东坡遗墨“六榕”刻成木匾，悬挂于寺门之上，自此改称六榕寺，舍利塔称六榕塔，因其塔身红白相间、华丽壮观、形似花朵，又被称为花塔。

12. 怀圣寺，俗称光塔寺，是伊斯兰教传入中国后最早创建的四大著名清真寺之一，“怀圣”意为怀念先知穆罕默德圣人，始建于唐太宗贞观元年，相传由公元七世纪初来华的阿拉伯传教士阿布·宛葛素主持，由当时侨居广州的阿拉伯穆斯林商人捐资所建，寺内西南角建有光塔，原名呼礼塔，波斯语读作邦克塔，亦用作珠江夜航灯塔。

13. 五仙观，宋朝以前庙址多有迁徙，宋政和三年在现址重建，是一座祭祀五仙的道教谷神庙，相传古时有五位仙人骑着口含谷穗的五头羊飞临珠江北岸，将谷穗赠给当地人，故而广州又称羊城、穗城。

14. 归德门，为清代时的城门，现已不存，城门石额现安放于广州博物馆碑廊。

23. 大食先贤墓，应是前文提到的传教士宛葛素之墓。

以上内容，承蒙昔日同窗汪天罡先生亲临各处、实地察考，过后发来许多古今图片、文字解说与相关文献资料，令译者受益匪浅，后又幸得广州历史学者陈晓平先生核对修订，特此致谢。

在美国波士顿大学霍华德·高特利档案研究中心（Howard Gotlieb Archival Research Center）的高罗佩收藏（Robert Hans van Gulik Collection）中，存有一份关于

本书的资料笔录，包括华林寺、光孝寺、光塔、花塔、五仙观、白云山、城隍庙等名胜的简介，并附有若干简图。尤其珍贵的是，其中还有一幅高公本人手绘的草图：

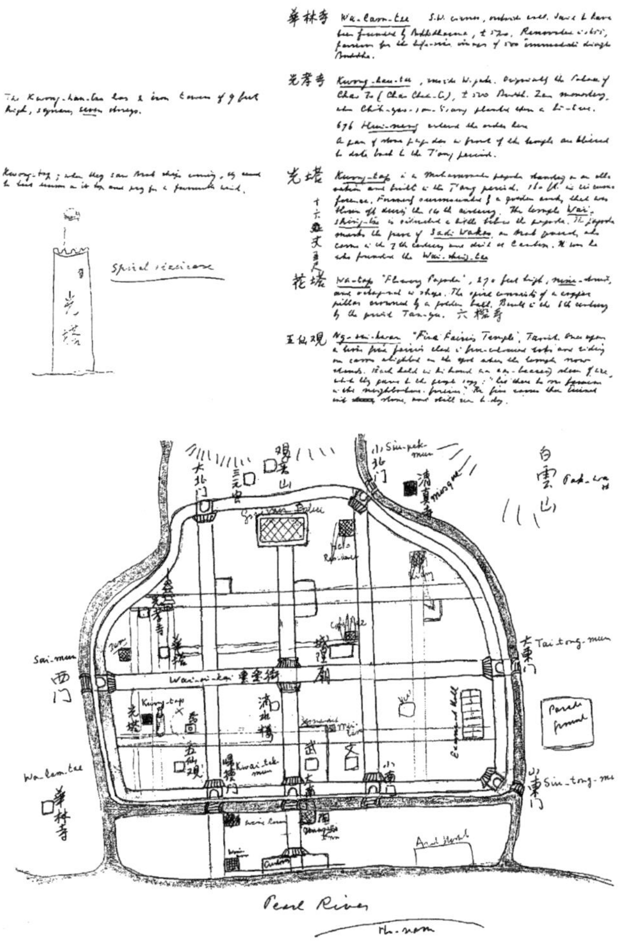

从整体看去，这张草图应是借鉴了 1890 年广州全图，如果与《五羊城图》做一对比，便可发现在后者中与实际地理位置不符的贡院和花塔寺，在前者中却标注得并无差错。由此推测高罗佩先生之所以稍稍加以改动，或许是为了让图中各处的分布看去更为均衡。无论如何，通过这些现存的手稿资料，足见他在创作本书之前，曾对广州城的历史与格局做过详尽研究，其认真细致的态度着实令人感佩。

本书中的大食舞姬祖母绿，其名原文为 Zumurrud，与意为“绿宝石”的 Zumurud Stone 十分接近，因此根据其音其意，定名为“祖母绿”。

本书中的疍家人，是中国沿海水上居民的统称。他们分布在广东、广西、福建、海南、浙江一带，以船艇为家，在江海上四处漂泊、居无定所，主要从事沿海渔业与水上运输。“疍家”是一种贬称，广东疍家人自称“水上人”。疍家人以前被陆上居民蔑视，没有户籍，不准穿鞋、不准建屋、不准与岸上人通婚，由于长年生活在船上，他们的腿部弯曲，双脚也同生活在陆地上的人略有差别，因此也被贬称为“曲蹄”。高罗佩先生在另一部著作《中国古代房内考》中也曾提及：“广州的妓女和艺妓属于一种特殊的少数民族，即所谓疍家（原文为 tanka，tan-chia），也叫罈户（tan-hu）。”[1]

第三回中提到的“金钟”，是中国人喜爱的鸣虫之一。畜养秋虫、令其相斗或赏其鸣声，在中国具有悠久的传统，南宋贾似道所作的《促织经》，是历史上第一部研究蟋蟀的专著。关于金钟，以下有两段专门记述。明代刘侗、于奕正《帝京景物略》卷三中记载：“有虫黑色，锐前而丰后，须尾皆歧，以跃飞，以翼鸣，其声蹬棱棱，秋虫也。暗则鸣，鸣竟刻，明即止，瓶以琉璃，饲以青蒿，状其声名之，曰金钟儿。”富察敦崇《燕京岁时记》中记载：“金钟儿产于易州，形如促织。七月之季，贩运来京，枕畔听之，最为清越，韵而不悲，似生为广厦高堂之物。金钟之号，非滥予也。”在此还需说明一点，1935年至1946年间，高罗佩先生曾先后在日本和中国工作，与中国各界文化名流有过许多交往，其中很可能不乏精于此道者，比如古琴大师管平湖就是一位养鸣虫的高手。根据高公本人的记录，1946年，二人曾在北京会面数次。本书中关于捕捉和畜养蛐蛐的各种细节描述，或许在古籍史料之外，亦有高公亲见亲临、耳闻目睹的回忆成分。

第六回中关于大食人宴席的描述，猜测来自高罗佩

---

[1] ［荷兰］高罗佩著，李零、郭晓惠、李晓晨、张进京译：《中国古代房内考》，北京商务印书馆，2007年，第319页。

先生的亲身经历。1942 年 7 月 30 日，高罗佩先生作为外交人员撤离日本后，乘船前往非洲，8 月 17 日到达葡属东南非洲的洛伦索马贵斯，10 月 4 日又到达丁香岛桑给巴尔，“我寄宿在我国的名誉领事家中，他是一个年轻单身汉，住在一栋宽敞的阿拉伯式老房子里。很多的阿拉伯农庄主都是他的朋友，他们多次给我们举办了美好的正宗阿拉伯式晚餐。我们坐在露台平台上，在厚厚的地毯上，即席享受着手抓饭。女人们是斯瓦希里和阿拉伯混血，她们给我留下了深刻印象”[1]。根据荷兰学者饶抱思的新作《狄公案插图及其来源》，在“曼苏尔宴请两贵客”一图中，上方的阿拉伯铭文意为“奉宽大仁慈的真主之名”，所采用的字体是有饰型库法体，即在字里行间添加各种花、叶、枝、藤等图案。这种字体起源于埃及法蒂玛王朝（909—1171）。第二次世界大战期间，高罗佩先生曾经前往埃及，或许见过这一铭文，不过其复制品也闻名于世。[2]

第九回中的插图“乔泰寻访大食舞姬”，在荷文本中略有不同：

---

[1] ［荷兰］C. D. 巴克曼，［荷兰］H. 德弗里斯著，施辉业译：《大汉学家高罗佩传》，海南出版社，2011 年，第 86 页。

[2] Piet Rombouts: *Judge Dee Illustrations and Their Sources*, Probook, Utrecht, Netherlands, 2019, p. 227.

第十八回中提到贡院内的匾额“激流勇进，终登禹门”，显然是用“鲤鱼跳龙门”这一典故来比喻金榜题名、飞黄腾达之意，龙门位于山西河津县城西北的黄河峡谷中，相传为夏禹所凿，又名“禹门”。书中此词的原文为Jade Gate，直译为“玉门”，但其意似是难合，因此以谐音取“禹门”。

本书后记中提到的《苏秦徇市》一则，旧出《春秋后语》。高罗佩先生的译著《棠阴比事》英译本中的此则后有如下一段注解："苏秦是战国时期一位具有传奇性的外交家。《春秋后语》是一部小书（篇幅较小），仅有一卷，作者是晋朝学者孔衍（268—323），此书重印在《汉学堂丛书》中。"

后记中提到的《南诏野史》，为明代杨慎所著，其下卷五之"地羊鬼"有一段关于毒药的记载，与本书中的描述十分相符。原文如下："或有娶其女者，夫每出，必问归期，即饵以毒，如期而归，更以药解，否则毒发而死。"

依照全集的故事时间线，此书是整个狄公案系列小说的终章篇。狄公入阁拜相后，身为大理寺卿，办理了判官生涯中的最后一案。乔泰果然应了开篇故事《黄金案》第二回中的谶语和《漆屏案》第十四回中算命先生的预言，为救狄公而殒身于雨龙剑下，足见对于主要人物的命运遭际，高罗佩先生自始便有着明确的构思与设定，在创作过程中也始终遵循这一方向，写作态度认真严谨，并不会为了迎合读者而有所改变（由于在《铁钉案》中安排洪亮去世，高公曾收到过不愿接受这一结果的读者们写来的抗议信）。英雄之死理应庄严崇高、悲而不惨，书中这一部分文字，写得深沉凝重，读之震撼人心，增添了浓郁的悲剧气氛。及至此处，狄公的四大随从已皆有分定，洪亮、乔泰以身殉职，陶干偶遇佳人，终得美满结局。值得一提的是，本书中通过旧友之口，间接道出马荣娶了袁氏姐妹后儿女满堂，安分居家度日，然而从此“失掉了英雄气概”，略有一丝无奈的憾意。此处虽似闲笔，却是独具匠心、颇可玩味，既符合人物一贯的性格与发展逻辑，又写出了复杂而微妙的人生况味。“新系列”完成之后，在海涅曼出版社的要求下，高公又写出了“新新系列”的两部作品《项链案》《中秋案》，故事发生在狄公担任蒲阳县令期间，其特点是皆由狄公独自一人办案。马荣、乔泰虽在《项链案》结尾处仍有出场，但已不再担任办案助手的角色。

今年既是狄仁杰 1390 周年诞辰，亦是高罗佩先生 110 周年诞辰。经由高公手中的生花妙笔，狄仁杰这一历史人物在离世千年之后，竟会意外地走向世界，为各国人民所熟知并喜爱，甚而成为中西文化交流史上的标志性人物，狄公若是泉下有知，想必也会惊诧于这一段不可思议的奇妙机缘吧。

张凌

2020 年 11 月

Robert van Gulik
MURDER IN CANTON
根据 Charles Scribner's Sons 1966 年初版译出

图书在版编目(CIP)数据

广州案/(荷) 高罗佩(Robert van Gulik)著；
张凌译. —上海：上海译文出版社，2021.7（2024.7 重印）
（大唐狄公案）
书名原文：Murder in Canton
ISBN 978-7-5327-8625-1

Ⅰ.①广… Ⅱ.①高… ②张… Ⅲ.①侦探小说—荷兰—现代 Ⅳ.①I563.45

中国版本图书馆 CIP 数据核字(2021)第 123590 号

广州案
[荷兰] 高罗佩 著 张凌 译
责任编辑/顾真 装帧设计/张志全工作室

上海译文出版社有限公司出版、发行
网址：www.yiwen.com.cn
201101 上海市闵行区号景路 159 弄 B 座
苏州市越洋印刷有限公司印刷

开本 889×1194 1/32 印张 9.25 插页 4 字数 106,000
2021 年 8 月第 1 版 2024 年 7 月第 5 次印刷
印数：19,001—21,000 册

ISBN 978-7-5327-8625-1/I·5324
定价：52.00 元